目录

代序言 / 1

宋词的前奏

花间词人 / 春日花间，有他们的身影 / 2
李煜 / 一江春水，流不尽许多愁 / 13

第一章

这是最好的时代

宋词的"前柳永时代" / 28

柳永 / 也许，要感谢他的落榜 / 38

晏殊 晏几道 / 不是所有词人的儿子都会填词 / 55

张先 宋祁 / 云破月来花弄影，红杏枝头春意闹 / 69

欧阳修 王安石 / 主业治国理政，兼职填词喝酒 / 78

第二章

婉约和豪放的爱恨情仇

苏轼 / 他横由他横，明月照大江 / 90

秦观和苏门词人 / 师门"内卷"，婉约还是豪放？ / 108

贺铸 / 那个宋词界的"改名狂人" / 120

周邦彦 / 明明可以靠八卦，偏偏要靠才华 / 132

第三章

南渡·难渡

南渡词人 / 那些"词红人不红"的名字 / 144

李清照 / 她不是一个弱女子 / 152

岳飞 李纲 / 文臣与武将，都在用词爱着这片河山 / 165

第四章

最后的沉醉与挣扎

辛弃疾 / 左手横刀立马，右手援笔填词 / 180

张孝祥 陆游 陈亮 / 两位状元和一个落榜生 / 192

刘过 刘克庄 / "糙汉子"们的宋词 / 204

姜夔 / 一个"有谱"的词人 / 213

吴文英 / 词家李商隐 / 222

遗民词人 / 最后的宋词 / 230

第五章

宋词的"番外卷"

孟昶　赵佶 / 历史是个复读机 / 242

萧观音　元好问 / 问世间，可有回心院？ / 251

宋词里的"无名氏"们 / 266

敦煌曲子词 / 来自大漠深处的"彩蛋" / 276

后记 / 285

参考文献 / 289

宋词极简史年表 / 291

宋词，是粉墙里的秋千

庭院深锁，乱红飞过

宋词，是河堤上的杨柳

长条垂地，挽人行舟

《全宋词》总共收录了

一千三百多家，近两万首作品

可能我们穷尽一生

也无法把每一首都读到

那么，就来看看这本《宋词极简史》吧

用一点时间，让三百年的词史

在你的心头，留下最美的烙印

这二十一首名作，唱尽大宋王朝三百一十九年

00

> 春花秋月何时了？往事知多少。小楼昨夜又东风，故国不堪回首月明中。　　雕栏玉砌应犹在，只是朱颜改。问君能有几多愁？恰似一江春水向东流。
>
> ——李煜《虞美人》

每一本历史书都会告诉你：宋朝，建立于公元960年。

那么宋词呢？这一年开始，文人写的词就叫宋词了吗？

当然不是的，此时优秀的词作，大部分来自南唐、后蜀。这些词在文学史上的标签是"五代词"，你在《全宋词》里找不到，因为它们被收录在《全唐诗》里。

公元975年，南唐灭亡，后主李煜开始了为期三年的俘虏生涯。这三年对于李煜来说，是无比痛苦的，但对于词的历史来说，是无比幸运的。

若没有这三年，就没有"垂泪对宫娥"，没有"一晌贪欢"，没

有"剪不断理还乱"，没有"变伶工之词为士大夫之词"。

宋词的开篇，也就没有了那样一个凄美奇绝的前奏。

公元 978 年，七夕这日，四十一岁的李煜永远停了笔，他所有的爱恨情仇，全都和着那杯毒酒，一饮而尽。

公元 979 年，十国中的最后一个政权"北汉"灭亡。

公元 980 年，寇准进士及第；公元 983 年，王禹偁进士及第；公元 987 年，柳永出生。

《全宋词》到此才翻开了第一页。

"问君能有几多愁"，李煜留下的这个问题，成为宋代文人的必答题——

"满眼凄凉愁不尽"，这是欧阳修的答案；

"飞红万点愁如海"，这是秦观的答案；

"薄雾浓云愁永昼"，这是李清照的答案……

一江春水，终于流成了宋词的浩瀚海洋，万古一碧，荡涤天涯。

01

寒蝉凄切。对长亭晚，骤雨初歇。都门帐饮无绪，留恋处、兰舟催发。执手相看泪眼，竟无语凝噎。念去去、千里烟波，暮霭沉沉楚天阔。　　多情自古伤离别，更那堪冷落清秋节！今宵酒醒何处？杨柳岸、晓风残月。此去经年，应是良辰好景虚设。便纵有千种风情，更与何人说？

　　　　　　　　　　　　　　　　　——柳永《雨霖铃》

△ 北宋 \ 张择端（传）\ 清明上河图（局部）\ 大都会艺术博物馆藏

在宋代最初的几十年间，词坛还是一片荒凉。王禹偁、寇准、林逋、钱惟演这些相对眼熟的名字下面，仅零星地缀着个位数的作品。

于是，柳永出现了。

一生存词二百一十三首，用了一百三十三种词调，其中超过一百种是首创或初次使用，而有宋一代，一千多位词人，总共用过的词调，也不过八百八十多种罢了。

可以说，他引爆了宋词的寒武纪。

"才子词人，自是白衣卿相"，他把词和词人摆在了很高的位置，认为自己"奉旨填词"是一件很了不起的事情。

他就这样成为历史上第一个职业词人，细论起来的话，林夕、方文山等人是要称他一声"祖师爷"的。他漂泊江湖，倚红偎翠，写下无数动人的词作。他给杭州写的广告语"三秋桂子，十里荷花"至今被人沿用，他的"系我一生心，负你千行泪"堪称古风界必读金句。

一个西夏官员回国后感叹："凡有井水处，即能歌柳词！"

我们可以想象，在柳永活跃的那个年代，全国有多少十七八岁的姑娘，拿着红牙板，唱着柳七郎君的慢词，成为歌楼酒肆中的"明星"。

没人记得那年黄金榜上状元的姓名，只有那个失意的白衣男子，永远定格在时间的记忆中，任凭历史长河风高浪急，他的身影，始终不曾淡去。

一曲新词酒一杯，去年天气旧亭台。夕阳西下几时回？

无可奈何花落去，似曾相识燕归来。小园香径独徘徊。

——晏殊《浣溪沙》

梦后楼台高锁，酒醒帘幕低垂。去年春恨却来时。落花人独立，微雨燕双飞。　　记得小蘋初见，两重心字罗衣。琵琶弦上说相思。当时明月在，曾照彩云归。

——晏几道《临江仙》

公元 1004 年，柳永还没开始他的第一次考试，却有个传说中的"别人家孩子"已经以十四岁的稚龄中举授官。

他叫晏殊。

"无可奈何花落去，似曾相识燕归来"，作为太平时期的太平官员，他的词可谓四平八稳，有些哀愁，但无负能量。

王国维所言"古今之成大事业、大学问者"必经的第一境界"昨夜西风凋碧树，独上高楼，望尽天涯路"便出自他的词作。

提到晏殊，就不能不说晏几道，他是晏殊的儿子，生于公元 1038 年，也是十几岁中了进士，也是才华横溢的词人，却走上了截然不同的人生道路。父亲在政坛上一路高歌奏凯，成为太平宰相；儿子却在享受了若干年的声色犬马之后，沦为落魄公子。

晏几道本来可以有更好的选择，晏殊留下的关系链，足够他做出一番成就了，但他不愿意，比起柳永相对无奈的"奉旨填词"，似乎晏几道才是那个把填词当成了事业的人。

"梦魂惯得无拘检，又踏杨花过谢桥。"

这句一出，连程颐这样古板的理学家，都得笑着给小晏点个赞。

△ 元 \ **佚名** \ **西湖图** \ 克利夫兰艺术博物馆藏

把酒祝东风，且共从容，垂杨紫陌洛城东。总是当时携手处，游遍芳丛。　　聚散苦匆匆，此恨无穷，今年花胜去年红。可惜明年花更好，知与谁同？

——欧阳修《浪淘沙》

公元 1030 年，新科进士的队伍里，站着一个二十四岁的青年。

他叫欧阳修，那时候没人知道，他会成为一代重臣，主修《新唐书》，独撰《新五代史》，倡导"诗文革新运动"……

宋人总是愿意把文体分得很清楚，诗文用来"干正事"，词是消遣，所以欧阳修这样一位"大神"写起词来，可以"庭院深深深几许"，可以"月上柳梢头，人约黄昏后"，可以"笑问鸳鸯两字、怎生书"。

但他毕竟不是一心填词的柳永和晏几道，他也有"如今薄宦老天涯"的感慨，有"文章太守，挥毫万字，一饮千钟"的豪迈。

他受李煜的影响，用词抒发人生感受；他借鉴民歌的写法，让词变得更加活泼……

疏隽开子瞻，深婉开少游。

在苏轼和秦观登场之前，欧阳修作为一个靠谱的前辈，给他们打下了非常良好的基础。

登临送目，正故国晚秋，天气初肃。千里澄江似练，翠峰如簇。征帆去棹残阳里，背西风酒旗斜矗。彩舟云淡，星河鹭起，画图难足。　　念往昔，繁华竞逐，叹门外楼头，悲恨相续。千古凭高对此，谩嗟荣辱。六朝旧事随流水，但寒烟衰草凝绿。至今商女，时时犹唱，后庭遗曲。

——王安石《桂枝香》

公元 1042 年，王安石进士及第。

现在我们说到这个人，会马上想起他的"春风又绿江南岸""不畏浮云遮望眼""总把新桃换旧符"。

他的诗，在语文课本里出现的频率真的很高！

可是词呢？

他一生只有二十九首词作，数量远不如诗文，却也有惊艳的作品，比如这首《桂枝香》。

身居高位的王安石，有着更高的眼界、更开阔的性情怀抱，可以从历史的角度去看到兴亡教训，境界高远，人所不及。

就连老对头苏轼见了这首词，都要叹一句："此老乃野狐精也——"

这个老狐狸呀，能把历史写得这样透彻，算他了不起！

苏轼和王安石在政治上怼了一辈子，但在文学的道路上，他们却互相佩服着，这也算宋代文坛独有的特色了。

也许正是有了这样包容度极高的文化氛围，才能产生这么多优秀的词作吧！

明月几时有？把酒问青天。不知天上宫阙，今夕是何年。我欲乘风归去，又恐琼楼玉宇，高处不胜寒。起舞弄清影，何似在人间！　转朱阁，低绮户，照无眠。不应有恨，何事长向别时圆？人有悲欢离合，月有阴晴圆缺，此事古难全。但愿人长久，千里共婵娟。

——苏轼《水调歌头》

大江东去，浪淘尽、千古风流人物。故垒西边，人道是、三国周郎赤壁。乱石穿空，惊涛拍岸，卷起千堆雪。江山如画，一时多少豪杰！　遥想公瑾当年，小乔初嫁了，雄姿英发。羽扇纶巾，谈笑间、樯橹灰飞烟灭。故国神游，多情应笑我，早生华发。人生如梦，一尊还酹江月。

——苏轼《念奴娇·赤壁怀古》

公元 1057 年，负责科举的主考官欧阳修对一个二十岁出头的青年下了这样的结论："此人可谓善读书，善用书，他日文章必独步天下！"

其实何止文章呢！此人的诗词、书法竟然无一不精，能治大国，可烹小鲜，堪称不世出的"奇才"与"全才"。

这个人的名字，叫苏轼。

在他以前，词坛只有婉约一派，在人们心中，词应该是柔软的、细腻的，是"晓风残月"的清冷，是"独上高楼"的孤寂，就算范仲淹用

△ 南宋 \ 马远 \ 举杯邀月图 \ 克利夫兰艺术博物馆藏

边塞诗的手法写过"将军白发征夫泪",也没有成为主流。

苏轼也会写婉约词,而且写得很好,一句"十年生死两茫茫"在千百年后依然让人闻之落泪。

但历史注定要让他站在婉约的对立面,举起一杆大旗,上书"豪放"二字,墨迹淋漓,使人禁不住长啸一声。

"千里共婵娟"洗尽了离愁别绪,"大江东去"则开拓了全新的境界。从此后,歌唱"晓风残月"的十七八岁女郎身边,又多了"铁板铜琶"的关西大汉。

问汝平生功业,黄州惠州儋州。

在苏轼一生的颠沛流离之中,宋词,终于奏响了史上的最强音!

　　山抹微云,天连衰草,画角声断谯门。暂停征棹,聊共引离尊。多少蓬莱旧事,空回首,烟霭纷纷。斜阳外,寒鸦万点,流水绕孤村。　　销魂。当此际,香囊暗解,罗带轻分。谩赢得、青楼薄幸名存。此去何时见也,襟袖上,空惹啼痕。伤情处,高城望断,灯火已黄昏。

——秦观《满庭芳》

公元 1087 年,苏轼引荐了一个叫秦观的太学博士。

后来,这个秦观成为"苏门四学士"之一。

苏轼称他有"屈宋之才",这是拿自家学生与屈原宋玉作比,未免偏心,但也证明秦观确实有本事。

有趣的是，老师是豪放派的开创者，秦观这个得意门生却是婉约派的掌门人。

"柔情似水，佳期如梦""无边丝雨细如愁"，秦观的词，大约就像贾宝玉口中的女儿家，是水做的骨肉吧！

这首《满庭芳》，让秦观被称为"山抹微云学士"。

那个时候，没有可以给自己贴标签的社交系统，没有"男神"这样的称呼，一句"山抹微云学士"，便是秦观在朋友圈里，最闪亮的名片。

▽ 南宋 \ **刘松年（传）** \ **西园雅集图** \ 台北故宫博物院藏

　　凌波不过横塘路，但目送、芳尘去。锦瑟华年谁与度？月桥花院，琐窗朱户。只有春知处。　　飞云冉冉蘅皋暮，彩笔新题断肠句。若问闲情都几许？一川烟草，满城风絮。梅子黄时雨。

——贺铸《青玉案》

　　公元 1100 年，秦观过世；公元 1101 年，苏轼过世。这时的词坛，多少有些青黄不接。

　　这一首《青玉案》的横空出世，让"闲愁"的境界变得无比开阔，仿佛是一针强心剂，掀起了一波唱和的风潮，所以黄庭坚专门写诗感叹："解道江南断肠句，只今唯有贺方回。"

　　贺铸作词，很喜欢给词牌改名。比如他很得意 **"凌波不过横塘路"** 这句，便给《青玉案》改名叫了《横塘路》。

　　这里便要说到词牌的各种别名了，就像荷花、莲花、菡萏、芙蕖傻傻分不清楚一样，词牌的别名也是让人眼花缭乱的。其中一种命名方式就来自名句，但这一般都是后人做的。作者亲自完成这项工作，贺铸是破天荒第一人。

　　在他的词集中，除了自度曲调和传抄失名的词作之外，改名的竟然达一百二十一首之多，而且同一个通用调名，在他的集子中也是篇篇异名。

　　虽然后人在读贺铸词的时候，难免会嫌弃他"添乱"，却也要感谢他贡献的《芳心苦》《半死桐》这些美妙的名字。

感谢这另类的玩法，让我们感受到了一些极致的美好。

柳阴直，烟里丝丝弄碧。隋堤上、曾见几番，拂水飘绵送行色。登临望故国，谁识京华倦客？长亭路，年去岁来，应折柔条过千尺。　闲寻旧踪迹，又酒趁哀弦，灯照离席。梨花榆火催寒食。愁一箭风快，半篙波暖，回头迢递便数驿，望人在天北。　凄恻，恨堆积！渐别浦萦回，津堠岑寂，斜阳冉冉春无极。念月榭携手，露桥闻笛。沉思前事，似梦里，泪暗滴。

——周邦彦《兰陵王》

公元 1105 年，宋朝新成立了一个机构——大晟府，负责谱曲作词，这可以说是一个专管宋词的衙门了。

虽然它只存在了短短十五年，却催生了一批"大晟词人"，与柳永那个自封的"白衣卿相"相比，他们才是正经"奉旨填词"的公务员哪！

这里面的代表人物，就是周邦彦。在野史传说中，他与宋徽宗、李师师之间有一场旷日持久的三角恋，因此得罪了宋徽宗，被踢出京城。在临行时，他写下了这首《兰陵王》。

这个词牌据说来自歌颂北齐高长恭的《兰陵王破阵曲》，是雄壮的战歌，却在漫长的时光蹉跎中，演变成了慢词，一唱三叹。

宋徽宗作为一个文艺皇帝，总觉得天下会填词的就没有坏人，据说听了周邦彦这首《兰陵王》之后，他气消了，又把人调了回来。

△ 北宋 ＼ **赵佶（传）** ＼ 文会图 ＼ 台北故宫博物院藏

宋 ｜ **佚名** ｜ **宋徽宗坐像** ｜ 台北故宮博物院藏

这是一首离别东京汴梁的词，很快就被传唱开来。那个时候没人会想到，不久以后，他们将永远离开这个繁华的城市，离开那些瓦肆勾栏、红楼风月，甚至离开中原。

离开，那个歌舞升平的北宋王朝。

> 玉京曾忆旧繁华。万里帝王家。琼林玉殿，朝喧弦管，暮列笙琶。　　花城人去今萧索，春梦绕胡沙。家山何处，忍听羌笛，吹彻梅花。
>
> ——赵佶《眼儿媚》

公元1126年，宋钦宗靖康元年，金兵攻破汴京；

公元1127年，金人俘徽、钦二帝北上，北宋灭亡。

靖康之变——历史书上冷冰冰的四个字，埋葬了一百六十七年的繁华，埋葬了生灵涂炭、哀鸿遍野，埋葬了"晓风残月""罗幕轻寒"……

有人说，历史不过是一个又一个的轮回——当李煜的"三千里地山河"变成了赵佶的"万里帝王家"，百年光阴，仿佛只有一个弹指。

前世，今生。

据说赵佶的父亲宋神宗偶尔到秘书省视察工作的时候，看到了李煜的画像——"见其人物俨雅，再三叹讶"，回去之后，又梦见了那个文采风流的"违命侯"。

然后，赵佶就出生了。末代君王、多才多艺、国破被俘、受尽屈辱……赵佶和李煜，有着太多的共同标签。

公元 1135 年，饱受折磨的赵佶逝于五国城（今黑龙江省依兰县），徒留那些精致的器皿、书画、诗词，让后人叹息罢了。

04

　　寻寻觅觅，冷冷清清，凄凄惨惨戚戚。乍暖还寒时候，最难将息。三杯两盏淡酒，怎敌他晚来风急？雁过也，正伤心，却是旧时相识。　　满地黄花堆积，憔悴损，如今有谁堪摘？守着窗儿，独自怎生得黑！梧桐更兼细雨，到黄昏、点点滴滴。这次第，怎一个愁字了得！

——李清照《声声慢》

　　公元 1127 年有着太多的生离死别，在惨淡南渡的队伍当中，一个中年女子的身影格外醒目，她随身携带的不是金银珠宝，而是十五车书画古物。

　　她是李清照，那一年，她四十三岁。

　　"倚门回首，却把青梅嗅"的少女时代好像还在昨日，"一种相思，两处闲愁"的闺怨情怀尚在眉梢眼角停留，江山，却已是风云变幻。

　　于是，只能酒入愁肠，听着梧桐细雨，声声催人泪下。

　　连用七组叠字，虽然词境依旧婉约，这样的写法也堪称"豪放"了。她失去了故乡，又失去了丈夫，却到底没有失去一颗热爱文字的心。

怒发冲冠，凭栏处、潇潇雨歇。抬望眼，仰天长啸，壮怀激烈。三十功名尘与土，八千里路云和月。莫等闲、白了少年头，空悲切。　　靖康耻，犹未雪。臣子恨，何时灭！驾长车，踏破贺兰山缺。壮志饥餐胡虏肉，笑谈渴饮匈奴血。待从头收拾旧山河，朝天阙。

——岳飞《满江红》

公元 1142 年，春节前夕。

三十九岁的岳飞，没有等到他的"不惑之年"，带着满腹的疑惑与悲愤，死在冤狱之中。

从此，金人再也不怕"岳家军"；从此，昏君奸臣"高枕无忧"；从此，中原父老再也望不到王师的旗帜。

据说，岳飞在那张逼迫他认罪的供状上，只写下了八个大字——

天日昭昭，天日昭昭！

戎马倥偬，横槊赋词，一代儒将，如此下场！

同一年，宋金《绍兴和议》达成，赵佶的尸骨魂归故里。

却再没有玉京繁华！

当年万里觅封侯，匹马戍梁州。关河梦断何处，尘暗旧貂裘。　　胡未灭，鬓先秋，泪空流。此身谁料，心在天山，身老沧洲。

——陆游《诉衷情》

公元 1154 年的进士榜上，群星闪耀。

张孝祥、杨万里、范成大、虞允文……

其实本来还应该有一个更响亮的名字——陆游。

可惜他在省试的时候恰好排在秦桧的孙子秦埙前面，于是直接被踢出了考生名单，直到秦桧死后才得以入仕，又两度因为主张抗金而被免职。

可是陆游不怨任何人，他依然爱着这个暗无天日的王朝，终生不渝。

"北定中原"这四个字，陆游念了一辈子，叹了一辈子。也许，就为了能亲眼看到这一天，他努力地活着，努力地写诗，成了少有的长寿诗人。

他其实不喜欢写词，觉得词是游戏之作，晚年编词集的时候还在序言里"自我批评"。

可是，楼船夜雪、铁马冰河的边塞情怀只能契合于几百年前的盛唐，在这金粉旖旎、风雨飘摇的南宋，显得是那样的格格不入。

也许陆游自始至终都知道这一点。

但还是不能忘却——**心在天山，身老沧洲！**

长淮望断，关塞莽然平。征尘暗，霜风劲，悄边声。黯销凝。追想当年事，殆天数，非人力；洙泗上，弦歌地，亦膻腥。隔水毡乡，落日牛羊下，区脱纵横。看名王宵猎，骑火一川明，笳鼓悲鸣。遣人惊。　念腰间箭，匣中剑，空埃蠹，竟何成！

△ 明 \ **佚名** \ **苏李泣别图** \ 美国弗利尔美术馆藏

时易失，心徒壮，岁将零。渺神京。干羽方怀远，静烽燧，且休兵。冠盖使，纷驰骛，若为情！闻道中原遗老，常南望、翠葆霓旌。使行人到此，忠愤气填膺，有泪如倾。

——张孝祥《六州歌头》

公元 1154 年那次进士考试，秦桧踢掉陆游之后以为万事大吉，结果他的孙子在殿试时只得了第三名。

那一年的状元，叫张孝祥，他是唐代诗人张籍的后代，当时才二十二岁。豪放一派，上承苏轼，下启辛弃疾，中间过渡的这个人，就是张孝祥。据说他每次写完诗文，都要问问人家："比东坡何如？"

当时抗金主将张濬读了这一首《六州歌头》，为之罢席。

张孝祥去世的时候，仅仅三十七岁，此时辛弃疾还未到而立之年。

如果，张孝祥可以活得久一点，会不会与辛弃疾平分秋色，让南宋词坛的光彩增加几分？

可惜，历史总是没有"如果"二字。

千古江山，英雄无觅，孙仲谋处。舞榭歌台，风流总被，雨打风吹去。斜阳草树，寻常巷陌，人道寄奴曾住。想当年，金戈铁马，气吞万里如虎。　　元嘉草草，封狼居胥，赢得仓皇北顾。四十三年，望中犹记，烽火扬州路。可堪回首，佛狸祠下，一片神鸦社鼓。凭谁问：廉颇老矣，尚能饭否？

——辛弃疾《永遇乐·京口北固亭怀古》

大幅何年被
割裂半縄剸
岷浚人牽江
行店残當雪
霽剩有瘦童
十字全
辛亥書正
陶凱

雪霽江行圖
郭忠恕真跡

△ 五代 ＼ **郭忠恕** ＼ **雪霁江行图** ＼ 台北故宫博物院藏

公元 1161 年，金主完颜亮大举南下，写下"**提兵百万西湖上，立马吴山第一峰**"的狂妄诗句，北地遗民奋起反击，组成了声势浩大的起义军。

虽然再无金人惧怕的岳家军风采，却出了一位接替苏轼的词人——辛弃疾。

如果说苏轼是文坛中的不世英杰，那么辛弃疾便是武林中的文章魁首，他是真正在战场上喋血过的，写出的词自有一股杀伐之气。

"**渡江天马南来，几人真是经纶手**"，二十三岁的青年，率领五十余人孤军奋战，深入五万敌后，生擒首脑，千里归宋，何等的豪迈雄壮，何等的气吞山河！

可是，一瞬间的惊艳之后，便没人再将他放在心上。偏安一隅的南宋王朝，早已经没有了斗志，于是，几十年来，他一直在这样一个令人绝望的环境中挣扎着，抱着北伐的信念，直到垂垂老矣。

公元 1204 年，六十五岁的辛弃疾在镇江担任知府，壮志未酬，只能怀想着历史上的英雄人物，叹大好河山日渐沦丧，哀生年不遇、明珠委尘。

在一个偏安的时代，想做英雄竟不可得，这是一件多么悲哀的事情。他少年时候是霍去病，有着马踏祁连山的远大志向，现在老了，自比廉颇，却有谁来当赵王？

三年后，辛弃疾过世，临终仍在大喊"杀贼"。

然而就如同陆游期盼的"**王师北定中原日**"终究不会来临一样，这一句垂死的呼喊，再无人回答。

05

芦叶满汀洲，寒沙带浅流。二十年重过南楼。柳下系船犹未稳，能几日，又中秋。　　黄鹤断矶头，故人曾到否？旧江山浑是新愁。欲买桂花同载酒，终不似、少年游。

——刘过《唐多令》

公元 1203 年，辛弃疾收到一首词作，调寄《沁园春》，词的大意是这样的：我本来要去拜访您，结果呢，遇见了香山居士、林和靖、苏东坡他们三位跟我游西湖喝酒聊天，您看这么难得的机会，要不我下次再去拜访吧！

用一百一十四个字，塞进了三句对话，化用了三个名句，讲了一个奇幻故事，这样的功力让辛弃疾拍案叫绝。

这首词的作者叫刘过，字改之。如果你看过《射雕英雄传》里郭靖给杨过取名那一段，就会觉得这个名字很熟悉了。

刘过终生布衣，朋友圈却十分高大上，除了辛弃疾之外，还有陆游、陈亮、姜夔等。

他的作品，自然也有"风雨渡江""不日四方来贺"等雄壮之语，但一次又一次的失望之后，却只能发出一句"终不似、少年游"的无奈叹息。

这是南宋最后几十年的光景，这个延续二百多年的王朝，这个曾经令人目眩神迷的繁华王朝，到这里，是真的老了。

△ 元 \ **方从义** \ **风雨归舟图** \ 克利夫兰艺术博物馆藏

燕燕轻盈，莺莺娇软。分明又向华胥见。夜长争得薄情知？春初早被相思染。　　别后书辞，别时针线。离魂暗逐郎行远。淮南皓月冷千山，冥冥归去无人管。

——姜夔《踏莎行》

　　公元 1176 年，"烽火扬州路"发生十五年之后，二十二岁的姜夔路过扬州，自度一曲以悼念逝去的"十里春风"，此曲名为《扬州慢》。

　　宋代的词人很多，但是能谱曲的却少见，前有柳永、周邦彦等人，而现在姜夔接过了他们的笔。

　　他的《白石道人歌曲》中，有十七首自带工尺谱，在大部分词牌曲调失传的今天，这些谱子可以说是宋词界一笔极为宝贵的遗产了。

　　姜夔是个痴情的性子，对这片残破的河山痴情着，对婉转工丽的词曲痴情着，对心仪的女子痴情着。奈何命途多舛，半生飘零，晚年更是惨淡不已。

　　公元 1204 年，一场大火波及了半个杭州城，官署、民房多被烧毁，姜夔半生心血化为乌有，从此后，他一边叹息着"少年情事老来悲"，吟唱着"当初不合种相思"，一边为生活奔波。

　　公元 1221 年，姜夔过世，却不知他临终之前，是否看见了淮南的那一片皓月，是否看见他的燕燕莺莺在缓缓招手。

　　何处合成愁？离人心上秋。纵芭蕉、不雨也飕飕。都道晚凉天气好，有明月、怕登楼。　　年事梦中休，花空烟水流。

燕辞归、客尚淹留。垂柳不萦裙带住，漫长是、系行舟。

——吴文英《唐多令》

公元 1251 年，杭州涌金门外丰乐楼重建，有人在墙上写了一首《莺啼序》，这是宋词里最长的调子，共四片，二百四十字，相当于两首半《念奴娇》。

这首词惊艳了整个杭州城。

作者叫吴文英——号称"词家李商隐"，这个最长的词牌，他一辈子写了三首。晚唐时代的诗，崇尚哀艳之美，而南宋尾声的这些年，词风也越来越精致凄美。仿佛要将这片残山剩水的内涵，挖掘到极致。

吴文英有三百多首词作传世，其中很多作品看起来非常像《无题》，读起来很美，解释起来很朦胧，所以被后世称为"七宝楼台"。就是说整首词放在那里看起来特别漂亮，但是拆出来单句就完全不知道是在写什么。

现在看来，这种写法是超越时代的，有所谓"意识流"的痕迹。这一首倒是例外——"何处合成愁，离人心上秋"，明白如话，即使直接放进现代流行歌曲，也没什么违和感。

甚至很多人都不知道，这竟然是一句宋词。

垂柳如丝，却挽不住她飘然远去的裙带。

冥冥之中，是不是也在说：天河，终究难挽？

少年听雨歌楼上，红烛昏罗帐。壮年听雨客舟中，江阔云

低、断雁叫西风。　　　而今听雨僧庐下，鬓已星星也。悲欢离

合总无情，一任阶前、点滴到天明。

——蒋捷《虞美人》

公元 1271 年，元朝建立。

公元 1279 年，崖山失守，丞相陆秀夫背负小皇帝赵昺蹈海自尽，至此，大宋王朝终于从历史的舞台上，惨淡谢幕。

关汉卿们已经上场了，元曲、杂剧开始落地生根，宋词的生命，还在挣扎中延续着，可是随着南宋遗民的垂垂老去，也渐近尾声。

山河破碎，如风中飘絮，只能"留取丹心照汗青"，哪里还能孕育出一个奉旨填词的柳三变、铁板铜琶的苏东坡呢？只有刘辰翁，只有张炎，还在低低叹息着"绸缪流离，风鬟三五，能赋词最苦""写不成书，只寄得、相思一点"……

蒋捷，昔日的"樱桃进士"，不得不用那支写过"流光容易把人抛，红了樱桃，绿了芭蕉"的笔，为人写字以求糊口，他甚至会去问邻居老农——你家需不需要写一本《相牛经》，老农懒得理他，摇摇手就把他打发走了。

词人末路！

三百余年的宋词史，就像蒋捷听了一辈子的这场雨，初时缠绵入骨，中场萧瑟苍茫，临近尾声，则只剩下漫漫长夜中一点一滴的凄冷。

雨停了，梦也就醒了！

悲欢离合，不过"无情"二字，而已。

吴郡唐寅为
冷泉仙侣画

明｜唐寅（传）｜美人春思图｜美国弗利尔美术馆藏

在宋词的花朵彻底绽放之前

先打了两个小小的骨朵儿

一个是西蜀，一个是南唐

前者说：我们有《花间集》

后者说：我们有李煜

他们问我：你说谁会赢

我说：你们都是，宋词的绝美前奏

宋 词 的 前 奏

花间词人

春日花间，有他们的身影

再没有一种语言，像中文一样内涵深刻。有些词，只一听，便能勾起深沉的情感。

说起"魏晋风流"，眼前便出现宽衣博带、高谈阔论的士人形象；

言及"残唐五代"，会令人想到的是那走马灯一样更迭的政权，还有越来越绮丽华美的诗和越来越绝望的诗人。

就像日本汉诗诗人大沼枕山的名句：

一种风流吾最爱，魏晋人物晚唐诗。

诗到晚唐，暗淡了边塞的刀光剑影，也疏远了山水田园的清淡自如，诗人开始追求一种绮丽、奢靡的境界，对照前朝的宫体诗，仿佛一个微妙的轮回。

"诗"这种板正的体裁，已经不能满足这些文艺中青年的胃口，他们开始追求一种参差错落的变化感，一种可以歌唱佐酒的新旋律，于是，"诗余"就走上了历史的舞台。

在这之前，李白、白居易等人的诗集里，也收录了一些曲子词，但非常少，好像人们只是把它当成酒桌上的游戏，而不是正经的诗篇。

但是不要着急，把这种"游戏"当成事业来经营的人，马上就要登场了。

这个人，最初也是靠写诗出名的，他写诗特别快，还是个难得的"考试型选手"，在考场上写诗，别人抓耳挠腮，他淡定地叉着手，叉一次手便想出一句，转眼之间八句诗就写出来了。

因为叉手八次，所以外号就叫"八叉"。

不是很好听。

所以我们还是称呼他的本名——温庭筠吧！

才高的人，多半有点怪癖，温庭筠的怪癖就是：他根本不像其他读书人那样把自己的文学才能当作一回事，在他这里，文字是可以出售的货品，明码标价。

他把科举作弊的行为称为"救人"，堂而皇之地上演大唐版《天才枪手》。

这种强烈的反差，同样体现在他的相貌上。

温庭筠此人，从名字到文字都给人一种"小清新"的感觉，如果"文如其人"这四个字属实的话，他应该是一个翩翩佳公子的模样。

但事实是，在各种"最丑诗人排行榜""某某个长相奇丑却才华横溢的文人"的名单上，温庭筠都是名列前茅的。

但不管怎么说，相貌只是个添头，文人的确还是要拿作品说事。就像你读到"玲珑骰子安红豆，入骨相思知不知"（《南歌子二首·其二》）的时候，首先想到的不应该是去购物网站搜"同款"，那太过具象了，未免失于死板。那颗镶嵌了红豆的"玲珑骰子"，不是一个普通的玩物，它真的是刻在骨子里的相思。

在温庭筠的时代，词更注重音乐性。

所以你看，他的词总是有着瑰丽的字眼儿和明快的节奏，保证一唱出来就惊艳全场：

> 小山重叠金明灭，鬓云欲度香腮雪。懒起画蛾眉，弄妆梳洗迟。　　照花前后镜，花面交相映。新帖绣罗襦，双双金鹧鸪。
>
> ——温庭筠《菩萨蛮》

《菩萨蛮》是温庭筠最拿手的词牌之一，几乎每一首都有经典金句——"江上柳如烟，雁飞残月天""杨柳又如丝，驿桥春雨时"。据说唐宣宗喜欢这个词牌，丞相令狐绹就找温庭筠代笔。代笔这种事按说应该是掖着藏着的，但温庭筠向来不在乎，不顾令狐绹的再三嘱咐，转头就告诉别人："哎，令狐丞相献给皇上的那首《菩萨蛮》听说了吗？我写的！"

可想而知，令狐绹会有多气愤。

我们来看这首温庭筠最出名的《菩萨蛮》，其实只是一个女孩子晨起梳妆打扮的场景，到底好在哪里呢？

△ 北宋 \ **苏汉臣** \ **靓妆仕女图** \ 波士顿艺术博物馆藏

在读图和刷视频的时代，我们更习惯注视那些明丽的色彩和精致的画面，想看一个古装女孩子梳妆打扮的场景，只要上网随便一搜，就能看到无数的精修照片和网红视频姿势，还会有达人为你总结"好看的拍照公式""手把手教你化桃花妆"这种贴心的教程。

我们用几秒钟就能看完的场景，放在温庭筠的歌词里，要一个字一个字地唱出来，文字和歌声交织在一起，再通过耳膜，到达大脑，转换成一个个模糊的画面。

在这个长长的过程里，身上的每一束神经好像都在享受着女孩子的美好。

她精致的眉毛，她浓密的发髻，她雪白的皮肤，她脸上的装饰，她身上的绣纹……

似乎这种美好，能够驱散世界上的一切不如意之事。

所以女孩子的装束、爱情、闺房摆设，就是温庭筠那个时代的人，最常用的主题。

比如温庭筠会这样写女孩子的失眠：

> 玉炉香，红蜡泪，偏照画堂秋思。眉翠薄，鬓云残，夜长衾枕寒。　　梧桐树，三更雨，不道离情正苦。一叶叶，一声声，空阶滴到明。
>
> ——温庭筠《更漏子》

他写女孩子闺房里精致的摆设，写她的残妆和卧具，给她营造一个

△ 五代 \ **周文矩** \ **仕女图轴** \ 台北故宫博物院藏

凄美的环境，让梧桐夜雨滴在她的心上，也滴在每一个听众的心上。

同样是听雨，韦庄的这场雨听得更惬意：

> 人人尽说江南好，游人只合江南老。春水碧于天，画船听雨眠。　垆边人似月，皓腕凝霜雪。未老莫还乡，还乡须断肠。
>
> ——韦庄《菩萨蛮》

如果说温庭筠的词是精致的女性单人照，那么韦庄的词就经常是合照，或者男性单人照。比如他会用男性的视角说一个美人"劝我早还家，绿窗人似花"，还会给自己塑造一个风流倜傥的人设："如今却忆江南乐，当时年少春衫薄。骑马倚斜桥，满楼红袖招。"

在这首《菩萨蛮》里，那个像月亮一样美好的女孩子，只露出了一段欺霜赛雪的手腕，而听雨的，感慨的，长吁短叹的，都是男主人公——也许就是词人自己吧。

他是在画船上听雨，很惬意，很迷醉，好像只要一直听下去，就可以不用想到还乡的事——那是他生命中不能承受之重。

这位出身京兆韦氏，写出最长唐诗《秦妇吟》的才子，正是残唐五代的亲历者，他一手建立了前蜀的开国制度，并当上了宰相。

在中原纷乱之际，蜀地得天独厚，自成一个小世界，蜀人的浪漫情怀，在绮丽的小词里逐渐生根发芽。

"记得绿罗裙，处处怜芳草"（《生查子》），这是前蜀学士牛希济留给世人的最明艳的色块，是一句让人看到绿色裙子就会不由自主回忆初恋的情话。

"路入南中，桄榔叶暗蓼花红"（《南乡子》），这是后蜀中书舍人欧阳炯笔下独特的南方风情。

还有牛峤、毛文锡、顾夐、尹鹗、李珣……

一位名叫赵崇祚的文人把这些人的词收集在一起，总共选了五百首，编成了一本书，名叫《花间集》，这是中国最早的文人词集。

《花间集》成书的时候，是后蜀广政三年（940），这一年，距离北宋立国还有二十年。

欧阳炯在《花间集序》中写道："则有绮筵公子，绣幌佳人，递叶叶之花笺，文抽丽锦；举纤纤之玉指，拍按香檀。"这是人们第一次清楚地意识到，"词"这种文学形式，是依附于音乐而存在的，它与诗有着本质上的不同。

赵崇祚没有选自己的作品，我们也不知道他是否会作词，但他的审美无疑是非常好的。这些作品，即使千百年过去，依旧拥有难以忽视的美学价值。

在《花间集》所列的十八位词人当中，只有温庭筠和写"闲梦江南梅熟日，夜船吹笛雨潇潇"（《梦江南》）的皇甫松是唐朝人。其他都算"五代人"，而且因为赵崇祚，大部分都是蜀人，或者在蜀地任职。

不过有两个例外。

一位是孙光宪，在荆南出仕，最后归于宋朝。他的词很纤丽，有"却羡彩鸳三十六，孤鸾还一只"（《谒金门》），"小庭花落无人

△ 唐 \ **佚名** \ **宫乐图** \ 台北故宫博物院藏

扫，疏香满地东风老"（《菩萨蛮》）等名句。

另一位是和凝，他是《花间集》里五代时期唯一的中原词人。

和凝也是少有的集齐了五代（梁唐晋汉周）官职的人，在后晋时期甚至官至宰相，因为词写得好，被称为"曲子相公"。不过他认为作词跟高官的身份不相符，烧毁了很多作品。《花间集》里收了他的二十首词，不过他最出名的是一首没被《花间集》收录的小词：

> 竹里风生月上门。理秦筝，对云屏。轻拨朱弦，恐乱马嘶声。含恨含娇独自语：今夜约，太迟生。
>
> ——和凝《江城子》

这是一组五首《江城子》里的第二首，整组词讲了一个深夜幽会的小故事，一半纯情一半香艳，很有小剧本的味道。吴梅《词学通论》评价道："《江城子》五支，为言情者之祖，后人凭空结构，皆本此词。"

和凝死于公元 955 年。

他不知道，五年之后成立的赵宋王朝，将会是词的盛世；

他不知道，他最得意的二儿子和岘，成了《全宋词》里的第一位词人；

他不知道，未来三百年的时间里，将会有更多的高官以作词为荣，不至于像他这样担心有伤身份而烧毁作品……

《花间集》里的每一个作者，都有着不一样的人生际遇，却用词书写着相似的悲欢离合。

当我们拥有了整个宋朝流传下来的"词库"，回头再看《花间集》作品，可能会觉得内容相似，感情雷同，不如苏、辛读着带劲，也没有柳、秦那样的细腻多变。

但是，《花间集》是带着使命来到这世间的。

当它出现以后，"词"这种文学形式，就彻底脱离了"诗余"的边缘角色，开始正式登上文学的舞台。

我们每次不经意间说出"诗词"这个词语，都有《花间集》的一份功劳。

它是名为"词"的这座万丈高峰卜的一级阶梯。

后来的后来，将有无数人迈过它，把更高处的风景，写给世人。

李煜

一江春水，流不尽许多愁

每个领域都有风向标，在古代文学这个领域，风向标可以是著名作者，也可以是天然拥有一份号召力和话语权的人物，比如说——统治者。

在《花间集》诞生的时代，后蜀君王孟昶本人就是个文学爱好者，他也曾亲手填词。

这就不难理解，为何蜀地会成为一片词之沃土。

而距离蜀地千里之外，另一片沃土上，词的生命之花也在悄然绽放着。

那是我们更为熟悉的一个政权——南唐。

公元 965 年，孟昶降宋。

这是南唐后主李煜登基的第五年，十国政权，仅剩下四个，就像四枚丰美的果实，等待着宋太祖赵匡胤的收割。

江山岌岌可危，李煜无可奈何。

他是"生于深宫之中，长于妇人之手"的君王，纵然和大舜一样生了双专属于帝王的重瞳子，还有和大舜"娥皇女英"相似的大小周后相伴身侧，到底只在江南占据了"三千里地山河"，注定不能像赵匡胤一样马踏中原，一统江山。

李煜常常会想起父亲李璟，他曾经那样能征善战，为南唐打下了大片国土，可到头来又怎样呢？还不是要向大宋俯首帖耳，不能称帝，只能称"国主"。

李煜从李璟那里继承不了什么，除了一片风雨飘摇的江山，便只有这作词的天赋，且青出于蓝。

与大多数文艺的统治者——曹操父子、萧家兄弟——相似，李璟特别喜欢开"宫廷文学沙龙"，他本人的文学造诣也很有看头：

> 菡萏香销翠叶残，西风愁起绿波间。还与韶光共憔悴，不堪看。　　细雨梦回鸡塞远，小楼吹彻玉笙寒。多少泪珠何限恨，倚阑干。

> 手卷真珠上玉钩，依前春恨锁重楼。风里落花谁是主？思悠悠。　　青鸟不传云外信，丁香空结雨中愁。回首绿波三楚暮，接天流。

> ——李璟《摊破浣溪沙》二首

△ 明 \ **佚名** \ **摹周文矩重屏会棋图** \ 美国弗利尔美术馆藏

李璟的词，已经洗去了花间词人那种专门盯着女性的妆容装束使劲描摹的"油腻感"，显得更加清新自然，内里更有一种对生命和时光的思考。

在李璟的"文学沙龙"里，宰相冯延巳无疑是最耀眼的明星。

君臣二人关系不错，甚至喜欢拿对方的作品调侃。

比如说，冯延巳有一天写了这么一首小令：

> 风乍起，吹皱一池春水。闲引鸳鸯香径里，手挼红杏蕊。
>
> 斗鸭阑干独倚，碧玉搔头斜坠。终日望君君不至，举头闻鹊喜。
>
> ——冯延巳《谒金门》

李璟听说了，便跟冯延巳开玩笑："'吹皱一池春水'，干卿底事？"

老冯啊，这风儿吹皱了池水，干你什么事呀？

冯延巳反应很快，马上用李璟《摊破浣溪沙》里的句子回应："不及陛下'小楼吹彻玉笙寒'多矣。"

哪里哪里，比不上领导您能"吹"呀！

这热爱作词的君臣二人，分别逝于公元 961 年和公元 960 年，都没能看到词的辉煌时代。

"变伶工之词为士大夫之词"的重任，要交给李煜来完成。

对李煜来说，作词，比当国君简单多了。

早在他被迫跟前太子李弘冀宫斗的时候，他就写过这样的词来表达自己无意王位的心思：

> 浪花有意千重雪，桃李无言一队春。一壶酒，一竿身。快活如侬有几人。

> 一棹春风一叶舟，一纶茧缕一轻钩。花满渚，酒满瓯。万顷波中得自由。

——李煜《渔父》二首

《渔父》，也就是《渔歌子》，是个专门用来表达渔翁无拘无束生活的词牌，李煜在词中描述了他所向往的生活："花满渚，酒满瓯。万顷波中得自由。"

可他注定一生都得不到自由。

凤阁龙楼，玉树琼枝，是他的运道，也是他的劫数，他就像陷在密密匝匝的丝茧当中，无法挣脱，只能被层层包裹。

他开始和父亲一样，宴饮通宵：

> 晚妆初了明肌雪，春殿嫔娥鱼贯列。笙箫吹断水云闲，重按霓裳歌遍彻。　临风谁更飘香屑，醉拍阑干情味切。归时休放烛花红，待踏马蹄清夜月。

——李煜《玉楼春》

江南的丝竹管弦似乎比别处软些，江南的姑娘也似乎要比别处温柔白净些，不过李煜不知道，他生来就在这样的环境里，早就习以为常。

除了书写宫中的宴会，他把更多的目光投注在几个固定的女子身上。

大周后，他的原配夫人，精通音律，是他的爱人和知己，他从两人相处的温馨日常当中裁取了一些片段，拼贴起来，就是一首绝妙好词了：

> 晚妆初过，沉檀轻注些儿个。向人微露丁香颗。一曲清歌，暂引樱桃破。　　罗袖裛残殷色可，杯深旋被香醪涴。绣床斜凭娇无那。烂嚼红茸，笑向檀郎唾。
>
> ——李煜《一斛珠》

传说，《一斛珠》这个词牌原本是天宝年间梅妃为与杨妃争宠而产生的。

"长门自是无梳洗，何必珍珠慰寂寥"，也许是谶言吧，这个不太美好的故事中诞生的词牌，终究没能给李煜和大周后一个完满的结局。

也是在孟昶投降的那一年，大周后病逝。

李煜悲伤地为妻子写下诔文：

绝艳易凋，连城易脆。

署名：鳏夫煜。

然而，深情是真的，无情也是真的，从清代一位诗人写的诗中可以看出：

别恨瑶光付玉环，诔词酸楚自称鳏。

岂知刬袜提鞋句，早唱新声菩萨蛮。

小周后，曾经的妻妹，在大周后病逝之前，李煜已经和她的妹妹勾搭在一起了。

李煜甚至在词中光明正大地记下了与妻妹幽会的旖旎场景：

花明月暗笼轻雾，今宵好向郎边去。刬袜步香阶，手提金缕鞋。　　画堂南畔见，一向偎人颤。奴为出来难，教君恣意怜。

——李煜《菩萨蛮》

花明月暗的夜晚，少女把鞋子提在手上，只穿着袜子，悄悄跑到院子里会见情郎，这样的场景很唯美——如果不是他们之间的关系太过禁忌的话。

大周后躺在病榻上，可是她什么都知道。

知道她的爱人与知己在她重病时染指了妹妹，知道天真可爱的妹妹介入了自己的婚姻。

虽然李煜的后宫一直不缺佳人——黄保仪、沈流珠、吴窅娘……但不能是她妹妹呀！

大周后叹了口气，艰难地转身背对李煜和妹妹，直到死也没再看这两人一眼。

三年之后，小周氏被立为皇后。

十年之后，宋军兵临城下。

李煜在围城之中，什么也做不了，只能静静地抄写佛经和李白的诗章，后来这批手稿流落到江南中书舍人王克正手里，他发现其中还夹杂着一首《临江仙》，首句七字"樱桃落尽春归去"，宛如一句谶言，就像苏辙后来题词所云："凄凉怨慕，真亡国之声也。"

李煜的樱桃花落了，李煜的南唐没了。

那年冬天，他穿着一身代表投降的素白衣裳，在宗庙长跪不起。

教坊奏响了最后的乐章。

从南唐"李后主"到大宋"违命侯"，不过就是一首词的工夫：

　　四十年来家国，三千里地山河。凤阁龙楼连霄汉，玉树琼枝作烟萝，几曾识干戈？　　一旦归为臣虏，沈腰潘鬓消磨。最是仓皇辞庙日，教坊犹奏别离歌，垂泪对宫娥。

　　　　　　　　　　　　　　　　　　——李煜《破阵子》

从此以后，再也没有"车如流水马如龙"（《望江南》）的盛况，"金炉次第添香兽"（《浣溪沙》）的场景也成了别人家的热闹，那"寂寞梧桐深院"（《相见欢》）锁住的又岂止是清冷的秋光，分明还有一颗逐渐冰封的炽热心脏！

他恨哪！

"三千里地山河"的灭国之债，始终沉甸甸压在心头，虽然他不是一个好君主，但那到底是"四十年来家国"，那里封存着他肆意的青年时光，有他所爱的一切山水人物。

他和他笔下的文字一起，开始了一场艰难而华丽的蜕变。

不知从什么时候开始，他变得很容易做梦，梦里都是故国景致，醒来之后依旧历历在目：

"闲梦远，南国正芳春。"（《望江梅》）

"多少恨，昨夜梦魂中。"（《望江南》）

"故国梦重归，觉来双泪垂。"（《子夜歌》）

"世事漫随流水，算来一梦浮生。"（《乌夜啼》）

这无穷无尽的梦境仿佛上好的鸩酒，明知是毒，却依然一杯接一杯地饮着。

而最好的一场梦境，是在潺潺的春雨声中生成的，在这场梦里，李煜没有流泪，但是"故臣闻之，有泣下者"（《十国春秋》）：

> 帘外雨潺潺，春意阑珊。罗衾不耐五更寒。梦里不知身是客，一晌贪欢。　　独自莫凭栏，无限江山，别时容易见时难。流水落花春去也，天上人间。
>
> ——李煜《浪淘沙》

当你静下心来倾听雨声，好像天地之间就只剩下这一种声音，每一滴都在心头荡出无尽的涟漪，每一滴都好像在对你诉说着不为人知的哀愁与寂寞。一个雨声中酝酿出的梦境，直接在李煜的灵魂上晕染出了一片通往词之秘境的柔光。

他醒来之后，终于有了一份明悟：

　流水落花春去也，天上人间。

是呀，南唐终究逝去了，他的政治生命已经是"流水落花"，可是他的文学生命也终于开成了一片花海。

虽然，这"花期"只有短短的三年。

我们无法想象，如果让李煜在大宋终老，他究竟会写出更多美好的词作，还是会被迫忘记那些雕栏玉砌，在旁人问起之时，仅仅笑着说一句："此间乐，不思南唐。"

我们只知道，在那个血色的七夕，诞生了五代词史上的绝唱：

　　春花秋月何时了？往事知多少。小楼昨夜又东风，故国不堪回首月明中。　　雕栏玉砌应犹在，只是朱颜改。问君能有几多愁？恰似一江春水向东流。

——李煜《虞美人》

　他的故国，已是不堪回首了，那些曾经"舞点金钗溜"的佳人，又都到哪里去了呢？他不敢想。

对于阶下囚来说，女性的遭遇永远更加悲惨，即使尊贵如小周后都无法幸免，更不用说其他人了。

不知道小周后在受到宋太宗侮辱之后，大骂李煜的时候，有没有后悔介入姐姐的婚姻，有没有庆幸或者怨恨姐姐的早逝。但这种精神上的折磨，无疑在李煜的"多少恨"当中，又添了浓墨重彩的一笔。

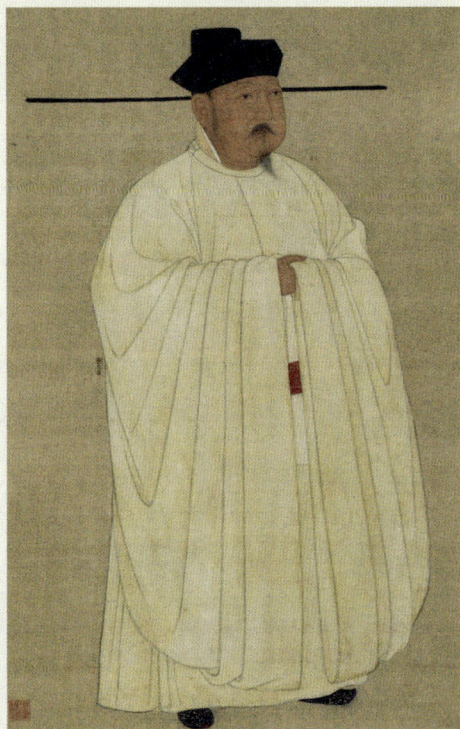

他终于嘶吼出那个著名的问题：问君能有几多愁？

然后他写下了自己的答案：恰似一江春水向东流。

那一江春水缓缓向东流去，慢慢地，开始有更多的人，更多的答案加入进来。

欧阳修也认为愁绪似水，"离愁渐远渐无穷，迢迢不断如春水"（《踏莎行》）；

贺铸的想象力更丰富些，"试问闲愁都几许，一川烟草，满城风絮，梅子黄时雨"（《青玉案》）；

李清照却觉得"愁"这个字根本没法完全道出她的心绪，"这次第，怎一个愁字了得"（《声声慢》）；

辛弃疾叹了口气，忘记了"为赋新词强说愁"的少年时光，开始"却道天凉好个秋"（《丑奴儿·书博山道中壁》）……

李煜用一个"愁"字，把宋词舞台的大幕拉开了一角，罅隙中，我们看见了一丝曼妙的光。

他按响了宋词序曲的最后一个音符，短暂的沉默过后，华丽的乐章即将上演。

"最好的时代"是什么
百年间没有重大战事和天灾
百姓安居乐业，文人诗酒风流
而我们所熟悉的
"背诵默写天团"的大佬们
就在这样的环境中，次第登场

第一章

这是最好的时代

宋词的"前柳永时代"

公元 960 年，宋朝建立。

但就像唐诗的世界在"初唐四杰"之前，一直都平平无奇一样，宋朝建立之初的那几十年里，并没有产出多少优秀作品。

南宋文学家王灼在《碧鸡漫志》里感叹："国初平一宇内，法度礼乐，浸复全盛。而士大夫乐章顿衰于前日，此尤可怪。"

其实也没什么可奇怪的，这个时候能作词的人，基本都像李煜一样，成绩被算在"五代词"当中，作品收录在《全唐诗》里。

翻开《全宋词》第一页，排在第一的词人名叫和岘，说来让人全无印象，好在有个不常见的姓氏，很容易猜到他跟花间词人和凝有关系——没错，他是和凝的儿子。

虽然说好歹占据了个"第一"，但和岘的作品还比不上他老爹的"含恨含娇独自语：今夜约，太迟生"。和凝是花间词人嘛，主要业务在美妆、首饰、恋爱这一块，而和岘的作品看起来跟唐朝早期的应制诗差不多，写的都是什么"皇图大业超前古""千官云拥，群后葵倾"——一言以蔽之，就是给宋太祖赵匡胤拍马屁的。

和岘的这几首马屁之作，诞生于开宝元年，也就是公元 968 年。

这一年，北宋还没对南唐动手，李煜刚刚立了小周后，依旧沉浸在"凤箫吹断水云闲"的温柔乡里。

这一年，寇准七岁，钱惟演六岁，林逋还在襁褓之中，而那个叫王禹偁的少年刚满十四岁，距离进士及第还有十五年，但他已经能够写一手漂亮的文章了。

王禹偁就是《全宋词》里出场的第二位词人，尽管他只留下了一首词，却比和岘写得漂亮多了：

> 雨恨云愁，江南依旧称佳丽。水村渔市。一缕孤烟细。
>
> 天际征鸿，遥认行如缀。平生事。此时凝睇。谁会凭栏意。
>
> ——王禹偁《点绛唇·感兴》

淡淡的景色，淡淡的愁绪，宛如一幅淡淡的水墨画。这才是我们心中，宋词应有的模样吧！

而此时的宋词，也就像王禹偁笔下这一缕细细的孤烟，微弱，缥缈，无人相信它日后能氤氲成一整个烟雨江南。

开宝八年（975），南唐的教坊奏响了最后的乐章，李煜垂泪辞别宗庙，成了亡国之君。宋太祖的"卧榻之侧"又少了一人酣睡，但他本

△ 五代十国 ＼ 顾闳中 ＼ 韩熙载夜宴图（局部）＼ 故宫博物院藏

人也在次年不明不白地死在一个"斧声烛影"的夜里，他的弟弟宋太宗继位，改元太平兴国。

太平兴国，这个有点长的年号，寄托了宋太宗对于天下太平兴盛的厚望，宋词这种文体的兴盛，也在这个年号的使用期间，露出了一点小荷尖角。

太平兴国四年（979），江南的吴越国主钱弘俶被扣留在汴京，不得已降宋，改名钱俶。同年，已被囚禁了三年的李煜留下"**恰似一江春水向东流**"的句子，被毒死在七夕之夜。

那一江春水滔滔流去之后，"五代词"便正式退出历史舞台，宋词的时代，正式开始了！

太平兴国五年（980），十九岁的寇准进士及第，这一榜的进士名单里，日后位列宰执的有四人，其中就包括了寇准。

也许这一榜的进士当中，不只寇准会作词，但可能因为那个时候大家对词还不太重视，只当成游戏之作，所以也只有寇准和状元苏易简有词作传世。

苏状元的词看起来比较一般，寇准的词里还混了两首诗，但已经能找出比较像样的作品了：

> 春色将阑，莺声渐老。红英落尽青梅小。画堂人静雨蒙蒙，屏山半掩余香袅。　　密约沉沉，离情杳杳。菱花尘满慵将照。倚楼无语欲销魂，长空黯淡连芳草。
>
> ——寇准《踏莎行》

可能受历史书影响，我们心中的寇准总是个身穿官服、手执笏板，促成了"澶渊之盟"的严肃老头子。

但是看了他写的词，才发现原来他也是个细致的、有情趣的人。

他会注意到春天的老去，镜子上的浮尘，会揣摩女性的微妙小心思——这也是两宋词人的一个普遍特性。

比寇准小一岁的钱惟演，昔日的吴越王子，此时也在宋朝的官场上努力奋斗着。他出身富贵，倒没什么特别的嗜好，就是爱书成痴，用他自己的话说就是："平生惟好读书，坐则读经史，卧则读小说，上厕则阅小辞，盖未尝顷刻释卷也。"（欧阳修《归田录》）

钱惟演在文学上的成就，主要在于诗，他是"西昆体"的骨干，虽说从欧阳修记录的这段话来看，词对他来说更像是上厕所时候的消遣读物，但是他的作品放在惨淡的宋初词坛，还是很出众的：

> 城上风光莺语乱。城下烟波春拍岸。绿杨芳草几时休，泪眼愁肠先已断。　　情怀渐变成衰晚。鸾鉴朱颜惊暗换。昔年多病厌芳尊，今日芳尊惟恐浅。
>
> ——钱惟演《木兰花》

感叹光阴流逝，算是宋词里恒久的主题了，钱惟演的这首词还有个玄妙的传闻，说是家中老妪闻之落泪，道是先王（钱俶）临终前也曾有"帝乡烟雨锁春愁，故国山川空泪眼"的句子，而今又作这等不吉之词，难道也是谶语吗？结果不久之后，钱惟演当真过世了。

诗谶、词谶的传说从来不少，纵而不信，当作谈资也是不错的。钱惟演对于宋词的隐形贡献，在于他晚年时喜欢提携年轻文人，给他们创造了比较优越的作词环境。像欧阳修有一些词，就是跟着钱惟演的时候写出来的。

当然，欧阳修的时代还早。现在还是我们所说的"前柳永时代"，在钱惟演的故乡，吴越故地杭州，有一位远离官场的隐士，结庐孤山，偶尔填词。

他就是林逋，"梅妻鹤子"林和靖。

> 金谷年年，乱生春色谁为主。余花落处。满地和烟雨。
> 又是离歌，一阕长亭暮。王孙去。萋萋无数。南北东西路。
>
> ——林逋《点绛唇》

林逋最出名的那首《山园小梅》，也被人谱上《瑞鹧鸪》的曲子，当作词来唱：

> 众芳摇落独暄妍，占尽风情向小园。疏影横斜水清浅，暗香浮动月黄昏。　霜禽欲下先偷眼，粉蝶如知合断魂。幸有微吟可相狎，不须檀板共金樽。
>
> ——林逋《山园小梅二首·其一》（后人唱作《瑞鹧鸪》）

△ 南宋 ＼ 马麟 ＼ 暗香疏影图 ＼ 台北故宫博物院藏

就在林逋寄情孤山的时候，还有一位同样充满传奇色彩的文人，也为杭州山水留下了一组美妙的小词，其中第十首最有名：

> 长忆观潮，满郭人争江上望。来疑沧海尽成空，万面鼓声中。　　弄潮儿向涛头立，手把红旗旗不湿。别来几向梦中看，梦觉尚心寒。

——潘阆《酒泉子十首·其十》

宋之问说"楼观沧海日，门对浙江潮"，白居易说"山寺月中寻桂子，郡亭枕上看潮头"，钱塘的潮，年年来访，千百年从不缺席。要说专门为钱塘潮作词的，也不是没有，但潘阆这一首，是公认的好。他没有直接描写潮水如何壮观，只从观众的角度去把"弄潮儿"细细描写了一番，这样的视角，让人非常有代入感。

林逋是以隐逸出名的，潘阆这辈子却是一直起起落落，从药铺掌柜，到王府谋士，当过官，也当过通缉犯，两次参与拥立秦王赵廷美和赵匡胤的孙子赵惟吉，两次与"从龙之功"擦肩而过，最后还能得以善终，不得不说，他的经历也像"弄潮儿"一样，玩的就是心跳。

历史在年复一年地向前走着，我们日后能看到的那些耀眼的名字——柳永、范仲淹、张先、晏殊……此时已经相继出生、成长。

宋词最辉煌的时刻，即将到来。

△ 南宋 ＼ **李嵩** ＼ **月夜看潮图** ＼ 台北故宫博物院藏

柳永

也许，要感谢他的落榜

大中祥符五年（1012），宋真宗听说了林逋的隐士之名，特赐米粮和布帛给他，从此，林逋之名算是在朝堂上传开了。

而此时，有一位名叫朱说的寒门青年正在应天府求学。

朱说原本不姓朱，因父亲早亡，随母亲改嫁，才从了继父的姓氏，此时他刚刚得知自己的身世，伤心不已，于是离开继父家，走上了艰难的求学之路。

大中祥符八年（1015），朱说进士及第，排名乙科第九十七。

名次不太高，但总算是一只脚踏进了官门，那张容纳了二百零三人的"黄金榜"上，有一个关键的名字甚至没能出现。

那个名字目前还叫"柳三变"，尚有将近二十年的时间才会变成我们更熟悉的"柳永"。

朱说也在暗暗筹划着改名之事，并在不久之后成功恢复了自己的本家姓氏。从那以后，"范仲淹"这个名字便一步一步地走入大宋政坛和文坛的核心区域，一步一步地，光耀千古。

范仲淹传世词作一共五首，难得的是，每一首都是经典之作，比如：

> 碧云天，黄叶地，秋色连波，波上寒烟翠。山映斜阳天接水，芳草无情，更在斜阳外。　黯乡魂，追旅思。夜夜除非，好梦留人睡。明月楼高休独倚，酒入愁肠，化作相思泪。
>
> ——范仲淹《苏幕遮》

更为难得的是，在他之前，没有人想到，词这种柔软的文学体裁，还能用于吟咏边塞战事：

> 塞下秋来风景异，衡阳雁去无留意。四面边声连角起，千嶂里，长烟落日孤城闭。　浊酒一杯家万里，燕然未勒归无计。羌管悠悠霜满地，人不寐，将军白发征夫泪。
>
> ——范仲淹《渔家傲·秋思》

如果说，李煜启迪了宋词的创作之光，柳永引燃了宋词的生命之火，那么范仲淹，就是为宋词注入了新鲜灵魂的那个人。

若用两个字来形容范仲淹，大多数人首先会想到他在《岳阳楼记》里反复提到的那两个——"忧"和"乐"。

△ 南宋 \ 马麟 \ **春郊回雁图页** \ 美国克利夫兰艺术博物馆藏

他为大宋忧心了一辈子，即使在作词的时候，也从未忘却。

说回到柳永——他落榜之后的故事，我们差不多知道：

> 黄金榜上。偶失龙头望。明代暂遗贤，如何向。未遂风云便，争不恣狂荡。何须论得丧。才子词人，自是白衣卿相。　烟花巷陌，依约丹青屏障。幸有意中人，堪寻访。且恁偎红倚翠，风流事、平生畅。青春都一饷。忍把浮名，换了浅斟低唱。
>
> ——柳永《鹤冲天》

"才子词人，自是白衣卿相"，好大的口气！"忍把浮名，换了浅斟低唱"，好清奇的思路！如果不看调名的来源"家家楼上簇神仙，争看鹤冲天"（来自韦庄《喜迁莺》，是一首描写中举的词），任谁都会相信柳永是真心不在意落榜。

虽然如此，柳永这首词依旧成了"落榜生"的圣经——皇帝金口玉言说过"且去填词"的，谁敢小看呢？！

当然，也有消息说，柳永落的不是这一榜，或者，这不是他第一次落榜，至于这首著名的《鹤冲天》，也不一定是在这个时候写的。

——这些说法都不算错。

因为，柳永到底是哪年考的试，考了几次，最终什么时候中举，甚至再往大一点说，他是哪年生的，哪年去世的，葬在哪里……这些最基本的生平信息，他通通都没有！

或者说，虽然有，却比别人多出好几倍——在学者口中，他的生年早至公元 971 年，晚至公元 995 年，横跨两轮生肖年，足够多出一代人来；他的归葬之地也有枣阳、襄阳、镇江、汴京等数种说法。

归根结底，还是没有。

这位以一己之力，开拓宋词全新境界的大才子，就像孤魂野鬼一样飘荡在《宋史》之外，没有官方的传记，只能靠一段又一段的野史、笔记、小说拼贴出一个倚红偎翠的风流郎君形象。

大宋有八卦一石，柳三变独占八斗。

我们用无数的"标签"堆砌出了一个柳永——奉旨填词柳三变、流连青楼、金牌填词人、杭州旅游文案作者、作品远传异域、改名才考上进士、最后穷到要歌伎出钱下葬……

但真正的柳永到底是什么样子的呢？

除了看八卦之外，我们还得拿他的作品说事。

你如果看过《全宋词》的目录，就会发现，在柳永之前，一共有十七位词人，他们总共贡献了四十九首词。而到了柳永这里，一下就有了二百多首，前面几位绑在一起，再翻上两番，都比不过他的产量。

在这二百多首词里，有一百多个词牌是他的首创（或初次使用），而整个大宋词坛，所使用的词牌也不过八百八十多个。

比如前文提到的那一首传说中让柳永不得不"奉旨填词"的《鹤冲天》，在柳永之前就没见别人用过。

而更有名的则是《望海潮》这个"原创"词牌，它是柳永早年游学时拜会两浙转运使孙何的"敲门砖"，传说中让金主完颜亮"打开新世界的大门"，决定投鞭渡江侵占大宋国土，在今天，被我们称为"杭州的旅游名片"：

> 东南形胜，三吴都会，钱塘自古繁华。烟柳画桥，风帘翠幕，参差十万人家。云树绕堤沙，怒涛卷霜雪，天堑无涯。市列珠玑，户盈罗绮，竞豪奢。　　重湖叠巘清嘉，有三秋桂子，十里荷花。羌管弄晴，菱歌泛夜，嬉嬉钓叟莲娃。千骑拥高牙，乘醉听箫鼓，吟赏烟霞。异日图将好景，归去凤池夸。
>
> ——柳永《望海潮》

为什么在八卦当中，"三秋桂子，十里荷花"这样的描述能迷住完颜亮？它甚至不符合自然逻辑，秋天和夏天，陆地与水面，时间和空间都不在一处！

但换成是你，会不会被它迷住呢？当这八个字在舌尖滚动一遭，你会发现，脑海当中就会不受控制地把桂花飘香和荷花映日的场景拼合在一起，一个是嗅觉上的飨宴，一个是视觉上的冲击，毫无违和感。

在遣词裁句的世界里，柳永就像是一个真正的神祇，他永远知道什么样的语言节奏，配上什么样的声色画面，能够交织成最打动人心的那段旋律。

当然，更重要的是，你会发现，《望海潮》不同于前人作品的一个更为突出的特点——它很长。

是的，慢词长调才是柳永与前辈最大的不同。在他之前，文人惯写的是小令，或者比较简短的词，从唐朝开始，一直到五代，再到王禹偁

平湖烟水望
今雨为有中
湖心绿画船
仲传乌玉圃
怀前
冠

禹王像前陈氏垂
一直堤西斜柳外
白堤深处高揚蘇堤
年時
翠羊上湖船揚柳
承過去湖沿
天溪頃诗版劃面
歸來百清起當
玉仙閣庄度

等人，莫不如是。慢词长调？那是市井俗曲！骚人墨客谁稀罕填这个！更别说他还直接把俚语口语引进了词中，当时的"正经文人"是非常瞧不上的。

宋人张舜民在《画墁录》里讲了这么一个故事

> 晏公曰："贤俊作曲子么？"三变曰："只如相公亦作曲子。"公曰："殊虽作曲子，不曾道'彩（针）线慵（闲）拈伴伊坐'。"

这里的"晏公"是晏殊，他跟柳永本是同龄人（可能还要比柳永小几岁），但因为人家科举争气，十三岁就以神童试获得了同进士出身，所以这会儿已经当上了宰相，并且很自然地用称呼晚辈的口气管柳永叫"贤俊"了。

柳永好不容易考上进士，但因为有宋仁宗"且去填词"的考语在那儿摆着，吏部不敢给他安排官职，他只好去拜访晏殊，也许是想着"大家都是填词的，看在志同道合的分儿上，照顾一下兄弟呗"，没想到晏殊不给面子，直接怼他：

> 是呀，我也喜欢词呀，但我不写你笔下"针线闲拈伴伊坐"（《定风波》）那种肉麻话呀。

言外之意，别攀交情，咱俩不是一挂的！

被晏殊鄙视的那首《定风波》里写满了这样的句子，什么"终日厌厌倦梳裹"，什么"早知恁么，悔当初、不把雕鞍锁"，讲究含蓄的晏殊自然会觉得这样外露的感情太过俗气腻烦，因为他本人写离愁别绪，一定要是"楼头残梦五更钟，花底离愁三月雨"这种格调，朦朦胧胧的，让人自己去遐想。

我们做诗词鉴赏的时候，老是在思考"情景交融""寓情于景""借景抒情"的套路公式，可是对于柳永来说，"情"和"景"根本没必要分出个权重高低，在他那里，"景"可以是"情"的背板，"情"也可以是"景"的涂层，那是比"情景交融"更深层次的融合，就像灵魂相契，不分你我。冯煦所言"状难状之景，达难达之情，而出之以自然，自是北宋巨手"（《宋六十一家词选》），并非夸大其词。

在很多时候，我们提到柳永的"情"，首先想到的是爱情。

可能因为，"爱情"这种感情，最常见，也最难以捉摸。

柳永的花边新闻里，最常出现的也是女人的名字——楚楚、虫娘、英英、瑶卿、酥娘、心娘……

楚楚，是传说中第一个唱了《望海潮》的那位姑娘，而虫娘等名字，则直接出现在他的词作当中：

"虫娘举措皆温润。每到婆婆偏恃俊。"（《木兰花》）

"英英妙舞腰肢软。章台柳，昭阳燕。"（《柳腰轻》）

"有美瑶卿能染翰。千里寄、小诗长简。"（《凤衔杯》）

这一类的词句写得多了，我们就会发现，都是一个套路下来的——先提名字，再夸一下姑娘的相貌、才艺，后面还会再描写一下相处的细节，表达"我好中意你"的意思。

按照柳永的一贯水准，这些套话恐怕就跟普通的不文艺男青年所说的"你好美，我想跟你困觉"差不太多。所以你会发现，你对这些句子很陌生，它们当中没有哪怕一句躺在你的"必背清单"里。

宋｜佚名｜宋仁宗坐像｜台北故宫博物院藏

明代小说《众名姬春风吊柳七》当中描写过歌伎对柳永词极度追捧的场景，道是"不愿穿绫罗，愿依柳七哥；不愿君王召，愿得柳七叫；不愿千黄金，愿中柳七心；不愿神仙见，愿识柳七面"，虽然口号喊得有点夸张，但也的确是事实。柳永自己描写过歌伎索词的场景："珊瑚筵上，亲持犀管，旋叠香笺。要索新词，殢人含笑立尊前。"（《玉蝴蝶》）这就让人不禁怀疑，是不是因为他名气太大，索词的歌伎太多，他喝多了灵感跟不上，才会像这样"流水线作业"。

　　当然，要说柳永完全不走心，写的都是"淫词艳曲"，那就很冤枉了，他有一首写给歌伎的词，就非常真挚：

　　　　才过笄年，初绾云鬟，便学歌舞。席上尊前，王孙随分相许。算等闲、酬一笑，便千金慵觑。常只恐、容易蓦华偷换，光阴虚度。　　已受君恩顾，好与花为主。万里丹霄，何妨携手同归去。永弃却、烟花伴侣。免教人见妾，朝云暮雨。

　　　　　　　　　　　　　　　　　　——柳永《迷仙引》

　　这首词写的是一个妙龄歌伎厌倦风尘，渴望回归正常生活的微妙心理活动。它完全是从女性视角来写的，所以很清爽，没有寻常歌伎词的油腻狎亵之感。而这个女子所追求的，也不是荣华富贵，而是一个真心待她，能够让她脱离这"朝云暮雨"的肮脏日子的人。

　　"已受君恩顾，好与花为主"，这位"君"的身上，肯定有柳永本人的影子，至于他究竟有没有救那女子出火坑，我们并不清楚。但能有这份平等对待歌伎的心思，在那个年代，已经十分难得了。

更难得的是，柳永有一些以男性视角去描绘的相思之情，也能让人叹一句"又相信爱情了"：

> 薄衾小枕凉天气，乍觉别离滋味。辗转数寒更，起了还重睡。毕竟不成眠，一夜长如岁。　也拟待、却回征辔；又争奈、已成行计。万种思量，多方开解，只恁寂寞厌厌地。系我一生心，负你千行泪。
>
> ——柳永《忆帝京》

一想到那个人，就辗转难眠，坐起来又躺下，如此再三，依然还是睡不着。特别生活化的场景，让无数人惊呼"这不就是恋爱中的我吗"。至于"系我一生心，负你千行泪"这句欲说还休的结束语，一千年来更是不知道骗走了多少眼泪，是多少现代"古风歌曲"都想要复刻，却又无法企及的神句呀！

柳永在他的词章里，勾勒出了一个浪漫如梦的感情世界，于是人们总想把词作和具体的人对应起来，比如柳永写了虫娘、虫虫，那么他一定很爱她，《雨霖铃》写得这么好，一定也是写给她的吧：

> 寒蝉凄切，对长亭晚，骤雨初歇。都门帐饮无绪，留恋处、兰舟催发。执手相看泪眼，竟无语凝噎。念去去，千里烟波，暮霭沉沉楚天阔。　多情自古伤离别，更那堪，冷落清

秋节！今宵酒醒何处？杨柳岸、晓风残月。此去经年，应是良辰好景虚设。便纵有千种风情，更与何人说？

——柳永《雨霖铃》

《雨霖铃》是让柳永"封神"的作品之一，一句"杨柳岸、晓风残月"，在八卦笔记里跟苏轼的"大江东去"相提并论，是柳永身上最闪亮的标签之一。在任何时候，提到柳永，提到婉约词，都不可能略过这一首《雨霖铃》。

我们喜欢品读诗词背后的故事，但到了《雨霖铃》这样的级别，背景故事反倒成了小事，那个"执手相看泪眼"的女子究竟是不是虫娘，也已经不再重要。

因为这样的作品，已经不再囿于爱情的藩篱，它是宋词史上的里程碑，即使是再挑剔的评论家，对着这样凄凉又隽永的境界，想必也无法问心无愧地说上一句"都下富儿，虽脱村野，而声态可憎"（王灼《碧鸡漫志》）。

是的，柳永最成功的那些词，都是始于爱情，终于境界。

就像王国维《人间词话》中所提到的那样，"衣带渐宽终不悔，为伊消得人憔悴"一句，乃是"古今之成大事业、大学问者"所必经的第二种境界，上承"昨夜西风凋碧树，独上高楼，望尽天涯路"，下启"众里寻他千百度，蓦然回首，那人却在、灯火阑珊处"，是一种执着的等待和坚定的追寻。

景祐元年（1034），柳永终于进士及第，那时候他的年纪已经差不

明 / 戴进 / 柳塘图 / 台北故宫博物院藏

多能当爷爷了，和他同榜人当中，苏舜钦才二十六岁，而二十七岁的欧阳修四年前就已经中举，现在已经结束了在钱惟演幕下做事的日子（钱于此年过世），进入汴京，担任馆阁校勘。

不过没关系，古语有云"五十少进士"，柳永的同龄人张先还跟欧阳修同榜呢，中举的时候年纪也不小了。无论如何，总算是开启了人生新篇章的柳永摩拳擦掌，准备干一番事业。

可能有些人注定是要来人间历劫的，柳永的仕途也不怎么顺利。

在人生中的最后二十年，他好像一直都奔波在路上。

于是，他"解锁"了另一个全新的题材——羁旅行役。

乍一看，这里面有"旅行"二字，似乎很惬意，但在交通不发达的古代，出行不算是一件愉快的事。特别是不以游山玩水为目的，而是带着使命的"出差"，也就是从一个地方辗转到另一个地方赴任，简直太难了。所以才说"羁""役"，因为这是一件苦差事。

少年壮游，青年漂泊，接近暮年才中举，现在又开始了仕宦羁旅的生涯，当他脱离了灯红酒绿的温柔乡，剥开"风流才子"的那层外壳，我们可以看到，他的灵魂如此孤寂：

> 长安古道马迟迟，高柳乱蝉嘶。夕阳岛外，秋风原上，目断四天垂。　　归云一去无踪迹，何处是前期。狎兴生疏，酒徒萧索，不似去年时。
>
> ——柳永《少年游》

这是一个人到中年，却依旧到处漂泊的游子。他一人一马行在长安古道上，踏着无数诗人留下的足迹，看李商隐看过的夕阳，听贾岛听过的秋风……他很倦，那热热闹闹的"烟花巷陌""浅斟低唱"仿佛已经是上辈子的事情了。

这是柳永从洛阳到长安赴任时候写的词，没有使用自己最擅长的慢词，而是用了一个很大众化的词牌——《少年游》。

从字面上来看，就像是在偷偷追忆少年的光景。

到了长安之后，他又写了另一首《少年游》："参差烟树灞陵桥，风物尽前朝。"灞桥古来就是送别之地，从汉到唐，有多少离别在这里上演，李白在这里写过"年年柳色、灞陵伤别"，又跟他的"杨柳岸、晓风残月"的意境多么相似！而偏偏他又姓柳……他会像"柳"的谐音一样，留在这里吗？

他不知道，所以只能"一曲阳关，肠断声尽，独自凭兰桡"——在这里没有红袖添香，没有美人催他写新词，他唱的是古曲《阳关三叠》，唱完了，也没人叫好，他依旧是天底下最孤独的那个人。

柳永有一句形容自己为仕途奔波的词，特别形象："驱驱行役，苒苒光阴，蝇头利禄，蜗角功名，毕竟成何事，漫相高。"（《凤归云》）

时光就在这样到处奔波的过程中，悄然流逝了，我们又得到了什么呢？

将就着活吧！

虽然很心疼这样的柳永，但不得不说，很庆幸，他的文艺创作热情，并没有被这日复一日的辛苦磨灭。

"周而复始无休息，官租未了私租逼"，他作为一个官员的成绩，自有《鬻海歌》来诉说，而作为一个词人，他本身已经成为词史上的一座高峰。

宋词在柳永的笔下，达成了"寒武纪生命大爆发"的高端成就。

也许，我们真的要感谢他的落榜。

晏殊
晏几道

不是所有词人的儿子都会填词

景德元年（1004）冬天，宋真宗御驾亲征，与契丹订立"澶渊之盟"。从此后，大概一百年的时间里，宋辽边境没有大的战事，"生育蕃息，牛羊被野，戴白之人不识干戈"。

这件事和刚上任的宰相寇准有关。面对契丹的进犯，正是他极力反对南迁，劝真宗亲征契丹，才有了"澶渊之盟"的订立。

而就在同一年，还有一位未来的宰相也进入了官场，他比寇准小了整整三十岁。

那么问题来了，寇准生于建隆二年（961），拜相时正是年富力强，四十三岁而已，这位"未来的宰相"难道才十三岁就开始当官了？

没错，就是这么霸气。

当同龄人还在寒窗苦读的时候，十三岁的晏殊直接跟千百名举子一起答题，"神气不慑，援笔立成"，宋真宗对江西安抚使张知

宋｜佚名｜宋真宗坐像｜台北故宫博物院藏

白推荐的这名"神童"非常满意，当场赐予同进士出身，擢秘书省正字。

"秘书省正字"其实是个"寄禄官"，也就是没有实际职能的称谓，但对于十三岁的晏殊来说，算是一脚踏进了公门。从此以后，他以令人侧目的成绩一路高升，最终成为赫赫有名的"太平宰相"。

说起来挺巧的，在作词这件事上，晏殊的"偶像"也是一位宰相。

这回倒不是寇准，而是南唐的宰相——冯延巳。

"细雨湿流光，芳草年年与恨长"（《南乡子》），冯延巳的词，是艳丽而闲雅的，字里行间流露着对于时光的依恋。晏殊和冯延巳的境遇相似，审美相近，《珠玉集》里也不缺这样"人生苦短"的感慨：

> 一曲新词酒一杯，去年天气旧亭台。夕阳西下几时回？
>
> 无可奈何花落去，似曾相识燕归来。小园香径独徘徊。
>
> ——晏殊《浣溪沙》

初读这首词，会被"无可奈何花落去，似曾相识燕归来"的巧妙对仗所吸引，但多读几次之后，或者是隔了几年再次品读，就会慢慢读出藏在这寻常春日景色背后的深沉感悟。

那是有限的人生里，对于无限光阴的追寻与思考。

春花落去，南燕北归，年年如是，周而复始。生命的代序就是这样

△ 元 \ **佚名** \ **柳塘白燕图** \ 台北故宫博物院藏

无尽的轮回，而人却只有一辈子可活。难过吗？也许吧。只是到底不像冯延巳"花前失却游春侣，独自寻芳。满目悲凉。纵有笙歌亦断肠"（《采桑子》）那样略显颓废，毕竟虽然同样是宰相，冯延巳所仕的是江河日下的南唐，而晏殊的大宋正在最好的时候。

所以晏殊词的思考更细腻，更有质感：

> 一向年光有限身。等闲离别易销魂。酒筵歌席莫辞频。
>
> 满目山河空念远，落花风雨更伤春。不如怜取眼前人。
>
> ——晏殊《浣溪沙》

时光这条河流漫长却狭窄，人间的悲欢离合荡漾其中，潮起潮落，满溢出来，就成了无尽的愁绪。与其自怨自艾，不如欢歌痛饮，珍惜当下。

"不如怜取眼前人"，是晏殊关于时光的思考当中，最大气、最动人的一句，它超越了"闻琴解佩神仙侣，挽断罗衣留不住"（《木兰花》）的怅惘，超越了"时光只解催人老，不信多情，怅恨离亭，泪滴春衫酒易醒"（《采桑子》）的悲戚，是终于发现"当时共我赏花人，点检如今无一半"（《木兰花》）之后的大彻大悟。

对时光的留恋，在晏殊笔下还有另一种非常特殊的表达形式：祝寿词。现存一百三十六首晏殊词作当中，有二十八首祝寿词，占比百分之二十以上。

"祝寿词"是一种社交产物，可以理解为宋朝版的"商业互吹"，在晏殊带头大量创作祝寿词之后,很多著名词人都用这种特殊的形式进行过创作。

虽然"祝寿词"的功用性特点决定了它很难产生精品,但晏殊还是能写出不一样的感觉,比如这一首:

> 芙蓉花发去年枝,双燕欲归飞。兰堂风软,金炉香暖,新曲动帘帷。　　家人拜上千春寿,深意满琼卮。绿鬓朱颜,道家装束,长似少年时。
>
> ——晏殊《少年游》

相传这首《少年游》是晏殊写给自己夫人的,虽然也脱离不了"家人拜上千春寿"这样的套话,但对景色的细腻描摹,对祝寿对象"永葆青春"的希冀,既承袭了晏殊词一贯的生命主题,又暗含了一丝情意,是"祝寿词"里的经典之作。

我们鉴赏古诗词,总要说到"意象"这个概念。"意象"很玄妙,好像在古诗词的世界里,所有的事物都带着感情标签。看到圆月,就想到故乡;看到落花,就想到红颜易老……每个诗人词人都有其惯用的"意象"集合,而晏殊对"意象"的运用更是达到了一种精益求精的地步。

他想要表达"富贵"的气象,绝不会说什么"金玉锦绣"。吴处厚在《青箱杂记》里讲道,当时有位名叫李庆孙的文人写了一句"轴装曲谱金书字,树记花名玉篆牌"(《富贵曲》),被晏殊看到之后嘲为"此乃乞儿相，未尝谙富贵者"。李庆孙是咸平元年（998）的探花郎，文才自然也是得到过皇帝认证的，晏殊为什么会说他是"乞儿相"呢？理由也很充分——晏殊直接拍出自己的作品"楼台侧畔杨花过，帘幕中间燕子飞""梨花院落溶溶月，柳絮池塘淡淡风"，很得意地说："穷儿家有这景致也无？"

传统笑话里讲，樵夫认为皇帝"用金扁担挑柴火"，吃货想象中的御膳是"东宫娘娘烙大饼，西宫娘娘剥大葱"，这是古代版的"贫穷限制了我的想象"。晏殊小时候家里也不算富贵，但按照他的理论来说，你的确无法在他的作品里看到任何"小家子气"的意象。

他的斜阳、燕子、梧桐、小窗、杨花……其实单独说起来都没什么特别的，但组合起来，却总能达到"一加一大于二"的效果。

当然，他写得更多的，还是酒宴。

词本身是一种为酒宴而生的文学形式，在晏殊这里体现得非常淋漓尽致，他在酒宴热闹到极致的时候发表感慨，用"乐景"抒写"哀情"，那一缕淡淡的愁绪，就像在甜品里点缀了些许咸味，反倒能勾起更深层次的甘醇。

在这一场又一场的酒宴中，晏殊听到过暮年歌女"若有知音见采，不辞遍唱阳春"（《山亭柳·赠歌者》）的哀鸿绝唱；见到过青春丽人"鬓鬟欲迎眉际月，酒红初上脸边霞"（《浣溪沙》）的娇艳欲滴；他轻声笑着，吟唱"劝君莫作独醒人，烂醉花间应有数"（《木兰花》）……

因为进入官场比较早，无论从资历还是地位上来说，晏殊都算是个"大前辈"，在他的门下，张先、欧阳修、范仲淹等在宋词史上都各有

成就，他也因此被称为"北宋倚声家之祖"（冯煦《蒿庵论词》）。

宝元元年（1038），晏殊的第七个儿子晏几道出生，这一年他已经四十八岁，近天命之年，未来的宰相司马光也在这年进士及第。

晏几道在父亲的荫蔽下，度过了十几年声色犬马的贵公子生活。

但是晏殊去世后，一切都不一样了。

"人走茶凉"这四个字，无论何时都是适用的。

晏几道没有从晏殊那里继承圆融的为官之道，父亲留下的人脉他也不肯去逢迎维护，唯有这深入骨髓的词人基因，被他完完整整地发挥了出来，在词坛上又留下了浓墨重彩的一笔。

他和父亲一样，用风流恻艳的笔调来诉说男女之间的悲欢离合，尽管在他的时代，宋词的创作理念已经开始变革，词的内容在不断拓展，词人"宗柳学苏"，晏殊的路线似乎已经略显过时了。

没关系，晏几道想，他还是可以在父亲的成就上更进一步的。

父亲的词通常都不写吟咏对象，那我就在词中点明我所爱之人的名字吧。

虽然他"爱"的人，可能有点多：

"梅蕊新妆桂叶眉。小莲风韵出瑶池。"（《鹧鸪天》）

"问谁同是忆花人。赚得小鸿眉黛、也低颦。"（《虞美人》）

"鸭炉香过琐窗寒。小云双枕恨春闲。"（《浣溪沙》）

让他魂牵梦萦的，正是他好友家的四个歌女——莲、鸿、蘋、云。他在自己的词作当中，一遍又一遍地呼唤着她们的名字，那是对世间美好事物的追寻与留恋。

其中最有名的一首，是写给小蘋的：

> 梦后楼台高锁，酒醒帘幕低垂。去年春恨却来时。落花人
> 独立，微雨燕双飞。　　记得小蘋初见，两重心字罗衣。琵琶
> 弦上说相思。当时明月在，曾照彩云归。
>
> ——晏几道《临江仙》

"落花人独立，微雨燕双飞"，是唐五代诗人翁宏的句子，原本
不出名，但被晏几道"借用"之后，就仿佛有了灵魂。

从晏殊的"无可奈何花落去，似曾相识燕归来"到晏几道的"落
花人独立，微雨燕双飞"，看似没有什么进步，但这样的传承，本身就
是一种进步。

晏几道似乎比晏殊更喜欢写酒宴上的人和事。

他最好的那些作品里，永远有酒，有歌，有琴，有舞，有美人。

在这极致的欢歌笑语当中，晏几道似乎达到了某种玄妙的境界。文
字在灵魂中流泻而出，带着愉悦而哀伤的节奏，随便抽出一句，都带着
魅惑人心的力量。

> 彩袖殷勤捧玉钟，当年拼却醉颜红。舞低杨柳楼心月，歌
> 尽桃花扇底风。　　从别后，忆相逢，几回魂梦与君同。今宵
> 剩把银釭照，犹恐相逢是梦中。
>
> ——晏几道《鹧鸪天》

当年的热闹，今日的冷清，两个人隔着朦胧的灯火静静相望，就像站在时光两岸，那么远，那么近。

杜甫曾写过"夜阑更秉烛，相对如梦寐"（《羌村三首·其一》），这一句诗使用的是低沉的仄声韵，天然带着一份沉重，诗中的人物，似乎也是相顾无言的。而晏几道的"今宵剩把银釭照，犹恐相逢是梦中"呢？却好像一直在絮絮地诉说着什么。

他们一遍又一遍地确认着：真的，是你吗？

他们也许会说着别后种种相思，说着时下流行歌舞，说着彼此的面貌变化，说着自己新作的词、新学会的曲子……

不得不说，晏几道的这份情感和笔力，又比父亲晏殊多了几分人间烟火的味道，让人读起来更亲切，就好像亲眼围观了这一场宛如梦寐的重逢。当然，比起重逢，在晏几道的《小山词》里出现更多的，还是别离。

有怅然的"相思本是无凭语，莫向花笺费泪行"（《鹧鸪天》），有决绝的"此后锦书休寄，画楼云雨无凭"（《清平乐》），有深情的"渐写到别来，此情深处，红笺为无色"（《思远人》）……

他对生命中那些美好的人和事物，总有着一份执着的牵挂，这种牵挂往往会进入梦中：

小令尊前见玉箫，银灯一曲太妖娆。歌中醉倒谁能恨，唱罢归来酒未消。　春悄悄，夜迢迢，碧云天共楚宫遥。梦魂惯得无拘检，又踏杨花过谢桥。

——晏几道《鹧鸪天》

他很想念酒宴上遇到的那个女孩子，一场沉醉之后，又是大梦一场，在梦里，他的灵魂循着来时的道路，踏着满地杨花，飘然去往她的身旁。

"梦魂惯得无拘检，又踏杨花过谢桥"，这轻灵缥缈的句子，连程颐这位方正的道学家听了，都要笑着说一句"鬼语也"（《邵氏闻见后录》），要是翻译成现代流行的网络语言，估计就是"神仙句子"了。

像这样的"神仙句子"，晏几道还有很多。

"梦入江南烟水路，行尽江南，不与离人遇。"（《蝶恋花》）

"相寻梦里路，飞雨落花中。"（《临江仙》）

"浅情终似，行云无定，犹到梦魂中。"（《少年游》）

同样的意象写多了，难免会有点"撞脸"，但晏几道总有本事把相似的情感幻化出微妙的差异，一个清新的、深情的、梦一般美好的小宇宙，在他笔下逐渐形成。

晏几道的灵魂太干净了，只能容得下他的词，他的酒，他的梦，还有他想念的美人，汴京城里触手可及的名利场对他来说反而是一种累赘。

王灼在《碧鸡漫志》中讲过一个八卦，说蔡京想找晏几道写点"节令文案"，这也是宋词界社交的需要。一般这种情况，词人多少都得给写两句吹捧之言，但是晏几道二话不说，交了两篇纯粹写节令的《鹧鸪天》，其中写重阳节的就是："九日悲秋不到心。凤城歌管有新音"，"须教月户纤纤玉，细捧霞觞艳艳金"。写冬至日的就是："云高未有前村雪，梅小初开昨夜风"，"从今屈指春期近，莫使金樽对月空"。反正就是没有一星半点提到蔡京的地方，不知道这位著名的奸臣看到之后会被气成什么样子。

在文学史上，家族传承这件事，是很令人津津乐道的。

比如三曹，三苏，杜家祖孙，左氏兄妹……

在词坛这个"垂直领域"，也有"南唐二主"珠玉在前。

但二晏的不同之处在于，他们的名字几乎同样响亮。

前边举的那些对照组当中，总有一个人的光芒更盛些——曹植凭借一首《七步诗》妇孺皆知；苏轼是诗、词、文、字、画多栖大佬；杜甫更不用说了，唐诗界最耀眼的双子星之一；而很多人根本不知道左思有个妹妹，不知道在"南唐后主"之前还有一位"南唐中主"也会作词……

晏殊和晏几道之间，可以说是"青出于蓝"，但没有过分"胜于蓝"，他们是两种同样耀眼的颜色。

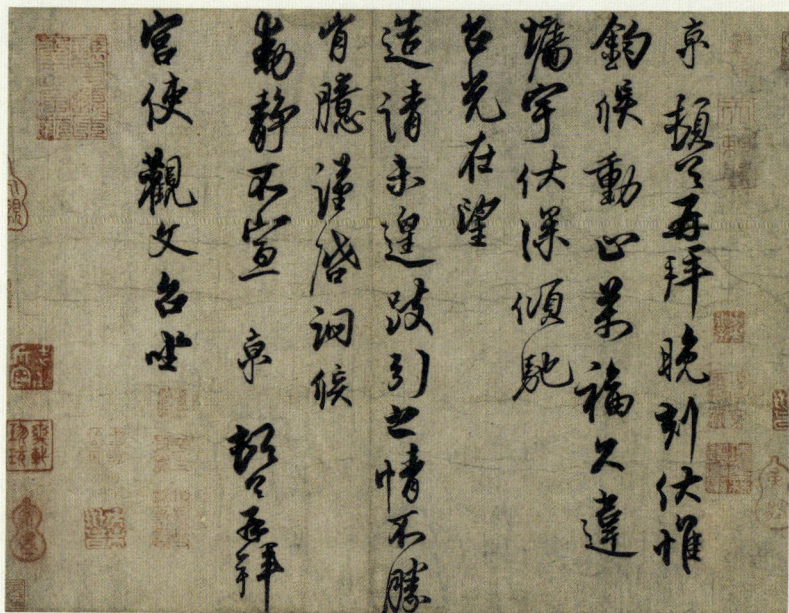

北宋 \ **蔡京** \ **宫使帖** \ 台北故宫博物院藏

宋 张
祁 先

云破月来花弄影，红杏枝头春意闹

一个文人出名的方式，第一靠作品，第二靠八卦。

一般来说，如果好的作品背后有个令人津津乐道的八卦故事，就会起到"一加一大于二"的效果。

令张先这个名字家喻户晓的作品，倒不是他本人写的。

"一树梨花压海棠" 这句诗，是形容老夫少妻的，一般认为是苏轼调侃八十岁的张先迎娶十八岁小妾之作。

不管这个八卦真假，张先长寿倒是真的——活了八十八岁，即使在现代也可以称一句"高寿"——不然的话，苏轼比他小了快五十岁，哪有机会在八卦里"同框"呢？

张先这辈子，除了年龄笑傲同辈之外，倒也没什么特别之处，论做官成就，不如范仲淹和晏殊，论作词成就，不如柳永。但你可以从他的词里读出一种优游卒岁的惬意，那正是北宋最好时候的侧面写照。

那是歌舞升平的时代，宴席上有美酒，有漂亮的姑娘。词人争相给歌伎作词，如果哪个歌伎拿到一首好词，可以得意很久。

这样的词，多半没什么营养，不过张先也能写出新意来：

> 双蝶绣罗裙。东池宴，初相见。朱粉不深匀，闲花淡淡春。
>
> 细看诸处好。人人道，柳腰身。昨日乱山昏，来时衣上云。
>
> ——张先《醉垂鞭》

就像一幅写意小像，我们能看到这个姑娘的衣着、妆容、身材，但她的容貌什么样呢？好像也没有具体说，但就是给人一种强烈的直觉：她很漂亮。

"却嫌脂粉污颜色"（张祜《集灵台二首·其二》），能够在衣香鬓影的宴席上淡妆亮相的姑娘，必然是对自己的容貌有几分自信的吧！

所以，原本不必描写什么"眉如远山，目如秋水"，留下几分想象的美，才是那人最美的模样。就像泰戈尔评价丰子恺的画作："用寥寥的几笔写出人物的个性。脸上没有眼睛，我们可以看出他在看什么；没有耳朵，可以看出他在听什么，高度艺术表现的境地，就是这样！"

当然，张先最拿手的不是给歌伎写词，而是在大家都给歌伎写词的时候，率先用词赠别酬唱——在他之前，发挥这种社交功能的文学作品只有诗。当张先拿出诸如"谈辨才疏堂上兵。画船齐岸暗潮平。万乘靴袍曾好问。须信。文章传口齿牙清"（《定风波令·再次韵送子瞻》）这样的作品后，人们忽然发现用词来"商业互吹"也不错，于是纷纷开始学习。"词"的地位就这样慢慢被提高了。他还首先在词前作小序，也被人视为"古今一大转移"（陈廷焯《白雨斋词话》）。

而他最擅长的也不是像《醉垂鞭》这种的白描轮廓，而是干脆连轮廓都不要，只给出一个影子。

张先是真的很喜欢"影"这个字，在他现存的一百六十五首词中，有二十九首用到了"影"，其中有三句，他自己非常喜欢，当他听说有人因为"心中事，眼中泪，意中人"（《行香子》）一句而称他为"张三中"的时候，他就问人家"为什么不叫'张三影'"。

这三句词分别是：

"沙上并禽池上暝，云破月来花弄影。"（《天仙子》）

"娇柔懒起，帘压卷花影。"（《归朝欢》）

"柳径无人，堕絮飞无影。"（《剪牡丹·舟中闻双琵琶》）

在后人的眼里，这"三影"未必都好，至少"中庭月色正清明，无数杨花过无影"（《木兰花》）和"那堪更被明月，隔墙送过秋千影"（《青门引》）是有竞争之力的，但"云破月来花弄影"一句，的确是神来之笔。

把云、月、花这三个常用意象放在同一句里，未免显得拥挤，也不太容易写出好句来，就像在一锅里边同时煮了太多的高级食材，反倒可能变成"大杂烩"。

但张先明显有着烹饪"佛跳墙"的水准，他直接往句子里"怼"了三个动词，用"云破月来"这样的因果递进，虚化了"花"的存在，

△ 宋 \ **佚名** \ **宫女图团扇** \ 美国弗利尔美术馆藏

突出了"影"的主角地位，一下子就把境界烘托出来了。

所以，人们有时候会把"张三影"浓缩一下，变成"云破月来花弄影郎中"。

而这个长长的绰号，竟然还有配对的：

故事里说，宋祁去找张先，让人通传："告诉你家'云破月来花弄影郎中'，就说尚书大人来访。"张先在房中听见了，不等下人通传，便大声问道："是不是'红杏枝头春意闹尚书'来了？快快请进！"

一板一眼的官名，加上明媚可爱的前缀，竟然毫无违和之感，难得还成双成对，可以算得上是一段佳话。

宋祁比张先小八岁，但中举比他早，官做得也比他大。按说两人不应该有什么交集，但是张先这个人完全就是北宋文学社交圈里的一朵奇葩，不能按常理揣度。

你看，张先比晏殊大一岁，比欧阳修大十七岁，他跟欧阳修同榜中举，那年还恰好是晏殊当主考官，换成普通人怕不是要觉得羞愧难当？可张先跟晏殊和欧阳修的关系都非常好。

再往下数，张先比王安石大三十一岁，比苏轼大了足足四十七岁，王安石和苏轼还是"死对头"，结果他跟这两个人的交情都不错。

也许良好的心态和性格成就了张先的好人缘，也令他健康长寿吧。

张先朋友圈里的其他大佬，在这本书里都有单独的篇章，只有宋祁的作品太少，需要跟他挤在同一个章节里。

宋祁一辈子只留下了六首词，其中一首就是"红杏枝头春意闹尚书"（简称"红杏尚书"）的来由，他也因为这首词名垂千古。

这个成就，这么说吧，也就只比留下两首诗但"孤篇盖全唐"的张若虚和仅留下六首诗但有两首入选小学课本的王之涣差了那么一点点：

> 东城渐觉风光好，縠皱波纹迎客棹。绿杨烟外晓寒轻，红杏枝头春意闹。　浮生长恨欢娱少，肯爱千金轻一笑。为君持酒劝斜阳，且向花间留晚照。

——宋祁《玉楼春》

春日冶游，本是写到泛滥程度的题材。好像全部的灵感都被前人用尽了，后人便只能把那些意象排列组合一番。

宋祁的绿杨红杏，也不过是这排列组合中的一个元素。

难得他用一个"闹"字，将全部的春情春意都变得鲜活灵动，因此并没有落了前人窠臼，反而为后人提供了素材。

他的另一首稍微出名的词作，带着极为香艳八卦的故事，说是宋祁在街上遇见宫中车队，有个宫女隔着帘子喊了一声"是小宋"，宋祁回去之后念念不忘，就写了一首词：

> 画毂雕鞍狭路逢，一声肠断绣帘中。身无彩凤双飞翼，心有灵犀一点通。　金作屋，玉为笼，车如流水马如龙。刘郎已恨蓬山远，更隔蓬山几万重。

——宋祁《鹧鸪天》

明／张翀／蓬山遇辇轴／台北故宫博物院藏

要是没有故事，任谁也不会觉得这首词有多好，毕竟一半是从李商隐那里摘抄的，剩下一半还有一句来自李煜，但是有了故事就不一样，更何况这个故事还有着喜闻乐见的"大团圆"结局——皇上听说之后，找到了那个喊了"是小宋"的宫女，把她赐给了宋祁，还笑着说"蓬山不远"。

事实上我们谁也不知道这个故事的"含金量"到底有几分，不过它的确能从侧面反映出宋祁的人生基调是非常浪漫的。

也许可以用"轻奢"来形容。

宋祁的文采比哥哥略高一筹，当初由于兄弟次序的问题才没能当上状元。但是宋庠（及第前名宋郊）为人稳重质朴，因而最后官至宰相。据说某年元夕，宋祁欢饮达旦，彻夜苦读不辍的哥哥听说了，派人去谴责他说："你怎么可以这样贪图享乐呢？难道忘了那年元夕我们俩一起在书院中发奋用功，只能吃咸菜白饭充饥之事了吗？"宋祁笑吟吟地对传话者说："你倒是帮我问问家兄，我们那时候吃咸菜白饭究竟是为了什么。"

十年寒窗无人问，一举成名天下知，那时的苦是为了今日的甜，这种心态其实是大部分读书人所共有的。只不过，宋祁是他们当中最为坦率的一个，他能够把这种观点时刻渗透在自己的行止起居中，并引以为豪，这是相当难得的。若他用生活的态度去宰辅经国，怕是要糟天下之大糕，但事实上他把两者分得非常清楚，对于治国之道也有着十分犀利独到的见解。后世研究宋史不能不提到的"三冗""三费"概念，就是他总结出来的。相比之下，宋庠这个太平宰相倒有些寂寂无闻了。

宋祁善于为官，却不汲汲于此道，官职于他便不是装满功名利禄的包袱，而是享受生活的必要条件。有了豁达的性情，他的作品也随之充满了轻快活泼的情感，有着画毂雕鞍的精美细腻，也像红杏闹春一般灿烂美妙。

△ 南宋 \ **刘松年（传）** \ **宫女图** \ 东京国立博物馆藏

欧阳修

王安石

主业治国理政，兼职填词喝酒

对于北宋"默写背诵天团"的大佬们来说，填词这件事，是社交手段，是放松游戏，也是一种寄托心灵的方式，是人人都会的，不算才艺的"才艺"。至于成为词境开拓的先驱，写下千古传诵的作品，那是意外之喜。

用李之仪的话来说，是"以其余力游戏，而风流闲雅，超出意表"（《跋吴思道小词》）。

就像某些游戏玩出了名堂之后，会变成高大上的"电子竞技"一样。

这个时候的北宋官员，基本出自晏殊门下，走的还是花间词人的路数，不过有才的人总是愿意自己开宗立派的，所以欧阳修说：放着我来！

欧阳修在文学上属于全才的级别，他是宋代文学史上第一个文坛领袖，在诗歌、散文、辞赋领域均有建树，还能修史书，所以对他来说，写词真的是一件再简单不过的事：

庭院深深深几许，杨柳堆烟，帘幕无重数。玉勒雕鞍游冶处，楼高不见章台路。　　雨横风狂三月暮，门掩黄昏，无计留春住。泪眼问花花不语，乱红飞过秋千去。

——欧阳修《蝶恋花》

到欧阳修的时代，词已经诞生两三百年了，大致的主题却还是脱离不了闺怨相思、离愁别绪。既然大家都这么写，那欧阳修也就跟着写。

但到底是文坛盟主级别的大佬，即使这种被写过无数次的主题，也能写得比别人出彩。庭院、杨柳、风雨、黄昏、秋千……这些常见的意象经过妙手剪裁，便有了舒缓的节奏与丰富的层次。像一组长镜头，穿过深深庭院，穿过重重帘幕，穿过飞扬的落花和雨中的秋千，最后定格在滴落清泪的眼角。

可能因为这首词写得太"复古"了，就有争议说其实应该是冯延巳写的，因为冯的《阳春集》里也有这首词。而且刘熙载在《艺概》当中也说"冯延巳词，晏同叔得其俊，欧阳永叔得其深"，欧阳修跟晏殊都是学冯延巳的，而这首实在学得太像，于是"傻傻分不清楚"。好在李清照讲了句公道话："欧阳公作《蝶恋花》有'庭院深深深几许'之句，予酷爱之，用其语作'庭院深深'数阕。"（《临江仙》词序）

好吧，模仿前人确实太简单了，没意思，所以欧阳修决定多玩些花样。

既然大家都写爱情里的伤心事，那么他就写点快乐的吧：

△ 宋 \ 佚名 \ 松阴庭院图 \ 台北故宫博物院藏

凤髻金泥带，龙纹玉掌梳。走来窗下笑相扶。爱道画眉深浅、入时无。　　弄笔偎人久，描花试手初。等闲妨了绣功夫。笑问双鸳鸯字、怎生书。

——欧阳修《南歌子》

好像是随意抛出的两个场景，寥寥几笔，就勾勒出一个生动的形象：这是一个黏人的少妇，非常喜欢跟丈夫撒娇，虽然词中没有丈夫的形象，但是能想象出，这两个人是非常恩爱的。

欧阳修还有另一首《玉楼春》写夫妻吵架的，从争吵——"**夜来枕上争闲事**"，到翻脸——"**走向碧纱窗下睡**"，再到赔礼道歉说明原因——"**向道夜来真个醉**"，绝对会让很多小两口惊呼："这说的不是我们俩吗？"

这两首词中嵌入了口语，颇有民歌风味，与当时追求的审美迥异，估计追求高雅情调的晏殊看了肯定会大皱眉头。

但欧阳修才不管，他乐呵呵地一首接一首地写着。

除了闺房情趣之外，他写得更多的是自己人生的境遇。

欧阳修不像晏殊那样仕途平顺，他一辈子宦海沉浮，颇为坎坷。某些时候想起当年"**记得金銮同唱第，春风上国繁华**"的无限风光，眼前的糟心困境，难免就会感叹道："**如今薄宦老天涯。十年歧路，空负曲江花。**"（《临江仙》）

他看到满眼的春花，会想到昔日同游的人，会喃喃自语："**今年花胜去年红。可惜明年花更好，知与谁同。**"（《浪淘沙》）他发现时

光侵蚀了人与人之间的感情，难免有些闷闷不乐："渐行渐远渐无书，水阔鱼沉何处问……"（《玉楼春》）

但整体来说，他是一个豁达的人，面对自己垂垂老矣的困境，也能开怀一笑，"白发戴花君莫笑，六幺催拍盏频传。人生何处似尊前"（《浣溪沙》）。

上学时候背诵默写《醉翁亭记》，那个"苍颜白发，颓然乎其间"的醉翁形象，在他的词里也有所体现：

平山栏槛倚晴空，山色有无中。手种堂前垂柳，别来几度春风。　　文章太守，挥毫万字，一饮千钟。行乐直须年少，樽前看取衰翁。

——欧阳修《朝中措·送刘仲原甫出守维扬》

这是至和元年（1054），友人刘原甫去扬州做官的时候，欧阳修想起自己在扬州的经历，特意给他写的一首词。

平山堂是欧阳修当年在扬州所建，如今也有五六年的时间了，他想象着自己亲手种下的柳树，经历了这些年之后，有没有长大一些呢？

"文章太守，挥毫万字，一饮千钟"，这是在夸刘原甫，也是在说自己。人生啊，太短了，还是及时行乐比较重要。

在"车、马、邮件都慢"（木心《从前慢》）的古代，"送别"是一件大事，因为这很可能是两个人的最后一次见面，所以要郑重其事对待。那时候文人之间的送别一般都是写诗的，只有情人之间

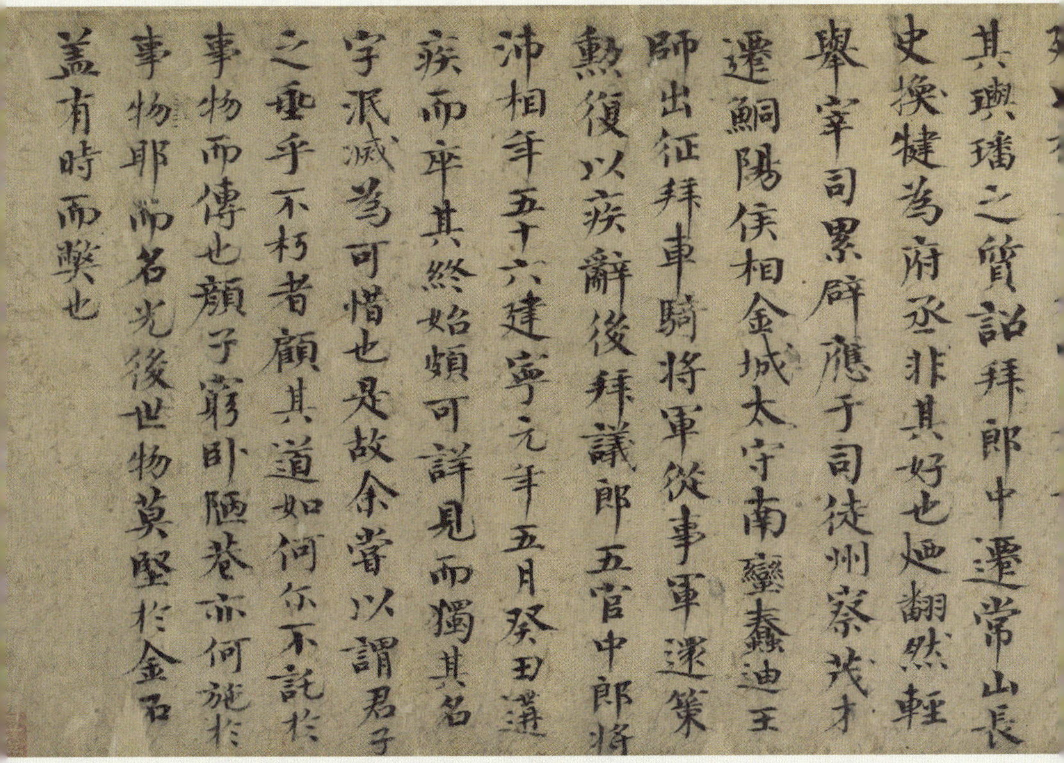
其璵璠之質詔拜郎中遷常山長
史換犍為府丞非其好也廼翻然輕
舉宰司累辟應于司徒州察茂才
遷鮦陽侯相金城太守南蠻蠢迪王
師出征拜車騎將軍從事軍還策
勳復以疾辭後拜議郎五官中郎將
沛相年五十六建寧元年五月癸丑遘
疾而卒其終始頗可詳見而獨其名
字泯滅為可惜也是故余嘗以謂君子
之垂乎不朽者顧其道如何爾不託於
事物而傳也顏子窮卧陋巷亦何施於
事物耶而名光後世物莫堅於金石
蓋有時而弊也

△ 宋 \ **欧阳修** \ **集古录跋卷**（局部）\ 台北故宫博物院藏

才会用"执手相看泪眼，竟无语凝噎"（柳永《雨霖铃》）之类的词来送别，而欧阳修把送别友人的感情写进了词里，潇洒旷达，令人神往。

这首词，被认为是"豪放派"诞生的信号。

除了写爱情，写人生之外，欧阳修还发明了一种玩法——用同一个词牌描写相关的事物，形成一个"套系"，这是民歌里"定格联章"的手法，也可以称为"组词"。

比如他用十首《采桑子》歌颂颍州西湖，首句都是"群芳过后西湖好""画船载酒西湖好""平生为爱西湖好"这种格式，还有分咏十二月令的《渔家傲》"鼓子词"，首句是"五月榴花妖艳烘""七月新秋风露早"的格式，这种成组出现的词作，未必每首都好，但非常有趣。

在欧阳修的《六一词》里，我们发现了一片从未有过的天地——原来，词还可以这样写；原来，词还可以这样玩；原来，词还可以这样"飒"。

那么"背诵默写天团"的另一位大佬王安石呢？他这辈子只留下了二十九首词，还不如欧阳修那两百四十二首的一个零头，很明显他并不以此为乐。

但是王安石又给词增加了新的内容——他选择用词来怀古和咏史：

> 登临送目，正故国晚秋，天气初肃。千里澄江似练，翠峰如簇。归帆去棹残阳里，背西风、酒旗斜矗。彩舟云淡，星河鹭起，画图难足。　念往昔、繁华竞逐，叹门外楼头，悲恨相续。千古凭高对此，谩嗟荣辱。六朝旧事随流水，但寒烟衰

草凝绿。至今商女，时时犹唱，后庭遗曲。

——王安石《桂枝香·金陵怀古》

怀古题材，并不新鲜，怀这"江南佳丽地，金陵帝王州"（谢朓《入朝曲》）的六朝金粉之古，更是唐诗里的常见操作，从刘禹锡的"山围故国周遭在"（《石头城》）到许浑的"英雄一去豪华尽"（《金陵怀古》），不一而足。

但用词怀古？

这不就像丝竹管弦里加进了一面大锣，咣的一声，把所有美好的情调都敲散了？

王安石用成功案例证明了这件事的可行性。

他在晚秋天气里，凭高吊古，看见谢朓笔下"澄江静如练"（《晚登三山还望京邑》）的场景，看见酒旗在空中飞舞，在一片素色之中，有彩舟、星河之明丽，如图如画。他想起"门外韩擒虎，楼头张丽华"（杜牧《台城曲二首·其一》）的历史闹剧，又听到江畔歌女的柔靡歌喉，不觉一声长叹。

这首《桂枝香·金陵怀古》写在王安石第二次罢相，出判江宁府之后，而在那之前，他的儿子王雱刚刚过世。新法失败，晚年丧子，一次又一次的沉重打击让他如坠冰窖。

可是，一旦"登临送目""千古凭高对此"，把个人的得失放在历史的变迁当中，似乎又很渺小了。

这样的襟怀，学问、眼界、经历，真的是缺一不可，就连苏轼看了之后都说"此老乃野狐精也"（《碧鸡漫志》）。

不久之后，苏轼就在黄州写出了《念奴娇·赤壁怀古》。

怀古题材，就这样高调地进入了宋词的世界。

王安石认为，身为高官不应以词为游戏之作，他曾批评晏殊的作品"为宰相而作小词，可乎"（魏泰《东轩笔录》），他宁愿背弃所谓的传统，把柔歌化作风雪冰凌，在宋词的世界里，染出一片苍茫：

> 伊吕两衰翁，历遍穷通。一为钓叟一耕佣。若使当时身不遇，老了英雄。　　汤武偶相逢，风虎云龙。兴亡只在笑谈中。直至如今千载后，谁与争功。
>
> ——王安石《浪淘沙令》

"生年不满百，常怀千岁忧"（《古诗十九首》），人生是短暂的，而历史是漫长的，如果只用词来做游戏，也是有些浪费了。严格意义上来说，王安石的确不算词人，但他对宋词所做的贡献，没有人能够否认。

"直至如今千载后，谁与争功"，2021年，正是王安石诞生的第一千年。

你想对这位一千岁的"拗相公"说点什么呢？

△ 元 \ 杜本 \ 伊尹耕莘图卷（局部）

"大江东去"和"晓风残月"

谁更能代表宋词

这个问题其实就像甜咸之争

可以，但没有必要

婉约派和豪放派

就像一枚硬币的两面

它们都是宋词史上

不可或缺的存在

少了任何一面

都会失去绝大部分的精彩

第二章

婉约和豪放的爱恨情仇

苏轼

他横由他横，明月照大江

很多人对于"宋词"的概念，都是从那一江滔滔流水和那一轮皎皎明月开始的。

江是"大江东去"，月是"千里共婵娟"。

巧得很，它们都出自同一个人的笔下。

它们的作者叫苏轼，是宋词史上最大一笔宝藏。

苏轼最初闯入人们的视线，是因为科举文章《刑赏忠厚论》，那文章写得太精彩，让护短的主考官欧阳修怀疑是自己学生曾巩的作品，为了避嫌，硬生生把苏轼降了名次。

当欧阳修问苏轼文中典故时，苏轼并没有因为那个典故是自己编造的而乱了阵脚，而是利用孔融的名言"想当然耳"巧妙地回答了欧阳修的问题，欧阳修赞叹不已，当时就断定："此人可谓善读书，善用书，

他日文章必独步天下。"（杨万里《诚斋诗话》）

那时苏轼刚二十岁出头，正是人生中最好的时候，他和弟弟苏辙一起名登嘉祐二年（1057）进士榜，摩拳擦掌，想要干出一番大事业。

后来苏轼想起这段经历，还是忍不住得意，在给弟弟写的词中说道："当时共客长安。似二陆初来俱少年。有笔头千字，胸中万卷，致君尧舜，此事何难。"（《沁园春》）

他们兄弟两人，那时候就像陆机和陆云一样，又年轻，又有才华，满心都是"致君尧舜上，再使风俗淳"（杜甫《奉赠韦左丞丈二十二韵》）的豪情，谁能想到，因为新法旧法的争执，让他们在朝中难以立足呢？好在他生性豁达，既然仕途不顺，那就"用舍由时，行藏在我，袖手何妨闲处看"（《沁园春·孤馆灯青》）吧！

这是熙宁七年（1074），苏轼从杭州赶赴密州途中，在马上写的作品，这时候他三十七岁，还没有经历更大的挫折，却已经隐隐有了日后那个"何妨吟啸且徐行"（《定风波·三月七日沙湖道中遇雨》）的"苏东坡"的影子。

林语堂说"才高如苏东坡，真正的生活也是由四十岁才开始"，他认为苏轼是从徐州"黄楼时期"才开始塑形出一个"充实、完满、练达、活跃、忠贞"（《苏东坡传》）的形象，但苏轼的一代词宗之路，其实应该是从密州起程的。

之前在杭州，他也写过"凤凰山下雨初晴"（《江城子·湖上与张先同赋时闻弹筝》）这样活泼灵动的名句，但同样是《江城子》，人们记住的主要还是他在密州写的这两首：

十年生死两茫茫，不思量，自难忘。千里孤坟，无处话凄凉。纵使相逢应不识，尘满面，鬓如霜。　　夜来幽梦忽还乡，小轩窗，正梳妆。相顾无言，惟有泪千行。料得年年肠断处，明月夜，短松冈。

——苏轼《江城子·乙卯正月二十日夜记梦》

老夫聊发少年狂，左牵黄，右擎苍，锦帽貂裘，千骑卷平冈。为报倾城随太守，亲射虎，看孙郎。　　酒酣胸胆尚开张。鬓微霜，又何妨！持节云中，何日遣冯唐？会挽雕弓如满月，西北望，射天狼。

——苏轼《江城子·密州出猎》

这两首词都写在熙宁八年（1075），一首是悼念亡妻的作品，一首是赋猎的壮词，前者痛彻心扉，后者痛快淋漓，同调同韵，相互生辉。

他的妻子已经过世十年了，他们的婚姻生活也是维持了十年……而人生又能有几个十年呢？他梦见回家了，家里的她正在梳妆打扮，还和当年一样美，而自己呢？已经是"尘满面，鬓如霜"了。

当年他在家乡种下大量的松树——"老翁山下玉渊回，手植青松三万栽"（《送贾讷倅眉》）的执着，成就了如今"明月夜，短松冈"的凄美回忆。

痛过之后，便是释然了。"尘满面，鬓如霜"又能如何？他还可以"老夫聊发少年狂"，喝醉了之后就是"鬓微霜，又何妨"。他相信总有一天会有消息传来，像冯唐持节赦免魏尚一样，重新重用他。到那个时候，他就会用这狩猎的雕弓，建功立业。

"**持节云中，何日遣冯唐**"这个典故，在诗文中常用，但词中罕见，或者说，其实在苏轼之前，很少有人想过在词中用典。

苏轼所用的这些自然而然的典故，成为启迪灵感的明灯，就像"**西北望，射天狼**"这短短六个字一样，射穿云霄，振聋发聩。后世词人逐渐找到了其中乐趣，到了辛弃疾那里，有时候满眼都是典故了。

虽然用典这件事，见仁见智，有人喜欢，有人讥为"掉书袋"，但到底是一条新的道路，无论鲜花或者荆棘，都应该给筑路之人报以掌声。

这两首《江城子》，可能是婉约和豪放的第一次碰撞。

中国的干支纪年很有趣，十天干和十二地支排列组合起来，六十年一个轮回。我们看古代的文学作品，也可以通过这种方式来推断作品产生的时间。比如"乙卯正月二十日夜记梦"中的"乙卯"再往下一个年份，就是"丙辰"。

为什么非要这么举例？

因为这个"丙辰"，就是"**丙辰中秋，欢饮达旦，大醉，作此篇，兼怀子由**"的那个"丙辰"，如果你觉得这一句小序有些陌生，那么就看看它后面的这首词吧：

明月几时有？把酒问青天。不知天上宫阙，今夕是何年。我欲乘风归去，又恐琼楼玉宇，高处不胜寒。起舞弄清影，何似在人间。　　转朱阁，低绮户，照无眠。不应有恨，何事长

向别时圆？人有悲欢离合，月有阴晴圆缺，此事古难全。但愿
人长久，千里共婵娟。

——苏轼《水调歌头》

这轮明月，照过李白的床前，照过杜牧的二十四桥，照过张若虚的春江之夜，照过数不清的人，数不清的情感。她的面貌，永远是在变化的。就像这人世间的悲欢离合，永远不尽相同。

我们隔着时间、空间，看到的却是同一轮月亮。好像在难过的时候，只要抬头看看月亮，泪水就不会流出来；开心的时候，看看月亮，会和她一起微笑。

王昌龄说，"青山一道同云雨，明月何曾是两乡"（《送柴侍御》）；

白居易说，"共看明月应垂泪，一夜乡心五处同"（《望月有感》）；

孟郊说，"别后唯所思，天涯共明月"（《古怨别》）……

一轮明月，两地相思，这种千古不变的情感，在苏轼笔下上升到了前所未有的高度：

"但愿人长久，千里共婵娟。"

名句之所以是名句，就是因为它已经超脱了诗词本身的内容桎梏，成为文学这片星河之中，崭新的星座。这句词，从它诞生的那天起，就已经不仅是写给弟弟的家书，更可以被当作通用的祝福和缠绵的情话。

那个丙辰年的中秋之夜，苏轼就好像站在陈子昂的幽州台上，"前

南宋／马远／对月图轴／台北故宫博物院藏

不见古人，后不见来者"（《登幽州台歌》），他醉了，还没有意识到，自己已经在宋词的历史上，种下了一座高大的里程碑。

苏轼在密州的时间其实很短，不过三年工夫，但直到很多年后，人们依然会记得密州的苏轼，那个深情的苏轼，那个豪迈的苏轼，那个深远旷达的苏轼，还有那个在"超然台"上笑着说"休对故人思故国，且将新火试新茶。诗酒趁年华"（《望江南·超然台作》）的苏轼……

元丰二年（1079），经历了徐州和湖州的短暂生涯之后，一道鸿沟露出了狰狞的面孔，几乎将苏轼吞噬殆尽。

那鸿沟，名"乌台诗案"。

好在，宋朝有个原则是"不杀士大夫"，勉强逃过生死劫难的苏轼被贬黄州。后来的故事，很多人都知道了——就是这个黄州，让苏轼彻底蜕变成了"苏东坡"。

黄州是苏轼政治生命的荒芜期，却也是其文学生命的丰产期。在这段时间里，他的文章有《赤壁赋》等，诗有《初到黄州》《东坡》等，书法有"天下第三行书"《寒食帖》，而词的创作，更是硕果累累：

　　　　大江东去，浪淘尽，千古风流人物。故垒西边，人道是，三国周郎赤壁。乱石穿空，惊涛拍岸，卷起千堆雪。江山如画，一时多少豪杰。　　遥想公瑾当年，小乔初嫁了，雄姿英发。羽扇纶巾，谈笑间，樯橹灰飞烟灭。故国神游，多情应笑我，早生华发。人生如梦，一尊还酹江月。

　　　　　　　　　　　　　　——苏轼《念奴娇·赤壁怀古》

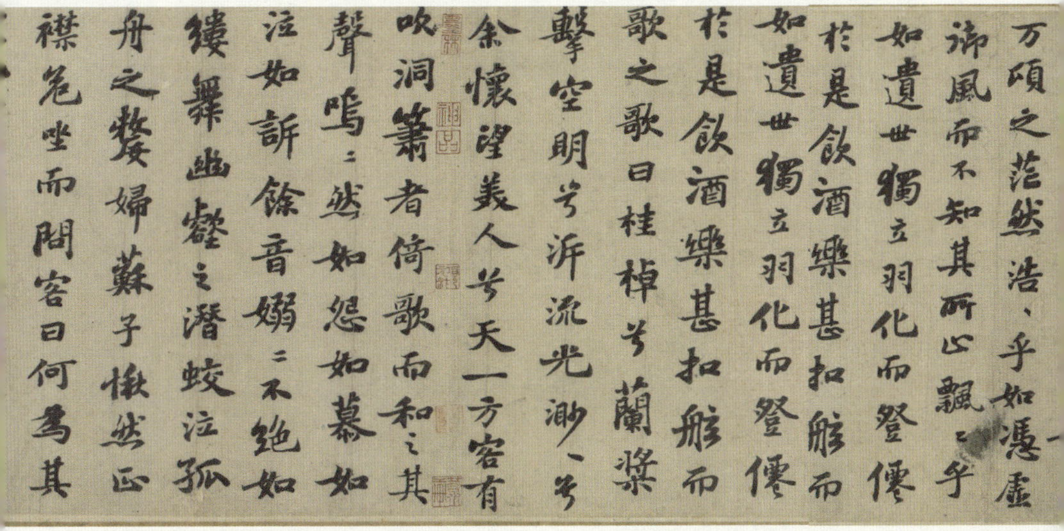

万頃之茫然、浩、乎如馮虛
御風而不知其所止飄、乎
如遺世獨立羽化而登僊
於是飲酒樂甚扣舷而
歌之歌曰桂棹兮蘭槳
擊空明兮泝流光渺、兮
余懷望美人兮天一方客有
吹洞簫者倚歌而和之其
聲鳴、然如怨如慕如
泣如訴餘音嫋、不絕如
縷舞幽壑之潛蛟泣孤
舟之嫠婦蘇子愀然正
襟危坐而問客曰何為其

明月照尽了千古的悲欢离合，长江淘尽了千古的风流人物。人的生命，与这两者相比，都太过渺小和短暂了。当年的赤壁之战，何等叱咤风云，如今却只剩下这一江逝水，日夜不休。

有趣的是，黄州的这个赤壁，似乎并不是真正的"三国周郎赤壁"，所以才会用一个"人道是"来解读。

人们都说这里是周瑜烧过的那个赤壁，那我就在这里怀念一下吧。

历史上有过争议的赤壁原址，总共七个，号称"真假赤壁""新赤壁之战"，虽然到现在还没有完全定论，但苏轼的这个赤壁，虽然堪称"一眼假"，实际的名声却远远高于其他几个地方。

人们亲切地称黄州赤壁为"东坡赤壁"。

"人生如梦，一尊还酹江月"，面对滔滔江水，苏轼好像进入了佛教当中的"顿悟"状态，他明白了，人生不过就像一场梦，美梦也好，噩梦也罢，醒来之后，他还是他自己。

其实这也不是苏轼第一次"开悟"，早在徐州时期，他就写过"古今如梦，何曾梦觉，但有旧欢新怨"（《永遇乐·彭城夜宿燕子楼》），但自从见过赤壁的江水，他就把这种明悟变成了一种笃信。

人生的忙忙碌碌是梦，"笑劳生一梦"（《醉蓬莱·重九上君猷》）；

世间的纷纷扰扰是梦，"世事一场大梦，人生几度秋凉"（《西江月》）；

万事万物，到头来，都是梦，"万事到头都是梦，休休。明日黄花蝶也愁"（《南乡子·重九涵辉楼呈徐君猷》）……

△ 南宋 \ **佚名** \ **赤壁图册页** \ 台北故宫博物院藏

赤壁勝遊

这样的梦，不代表"醉生梦死"的颓唐，反而有一种对人生命运的深层次思考。以往只用来歌咏离愁别绪的词，到这个时候，已经拥有了书写哲理的功能。但词的特殊表现形式，又使之不像为人诟病的"宋诗说理"那样乏味，读来只觉得意味悠长。

在这梦幻般的人生里，苏轼从未沉沦，从未迷失，他坚定地把每一场梦都变成了有着清晰认识的"清明梦"，并在梦境中，保持着一种潇洒的、超然的人生态度：

> 莫听穿林打叶声，何妨吟啸且徐行。竹杖芒鞋轻胜马，谁怕？一蓑烟雨任平生。　　料峭春风吹酒醒，微冷，山头斜照却相迎。回首向来萧瑟处，归去，也无风雨也无晴。
>
> ——苏轼《定风波·三月七日沙湖道中遇雨》

路上遇到风雨，没有伞怎么办？反正都是要被淋湿的，那就慢慢走吧！顺便欣赏这难得的雨中风景。

而生命中遇到风雨，也是同样的道理——随他风吹雨打，我只把这当作寻常的惬意。

其实，如果只是享受淋雨，倒也没什么。这首词的重点在于"**也无风雨也无晴**"——既不把风雨放在眼里，也不在乎什么晴空万里，去留无意，宠辱不惊，这才是更高层次的释然。

晴天总会下雨，雨后也总会放晴，人生的规律不过如此，既然想透

銜紙 君門深

九重墳墓在万里也擬

哭塗窮死灰吹不

起

右黃州寒食二首

東坡書豪宕秀逸為試揚州後人
興走乃謫黃州日兩書俊有山谷
跋傚倒已極所謂無意於佳乃佳
老坡論古人詩云蜀僧通其長常謂
不學可又云讀書萬卷始臨通神
吳匠心點素波瀾闊郭之則失
之遠矣乾隆戊辰清和月上澣八
日御識

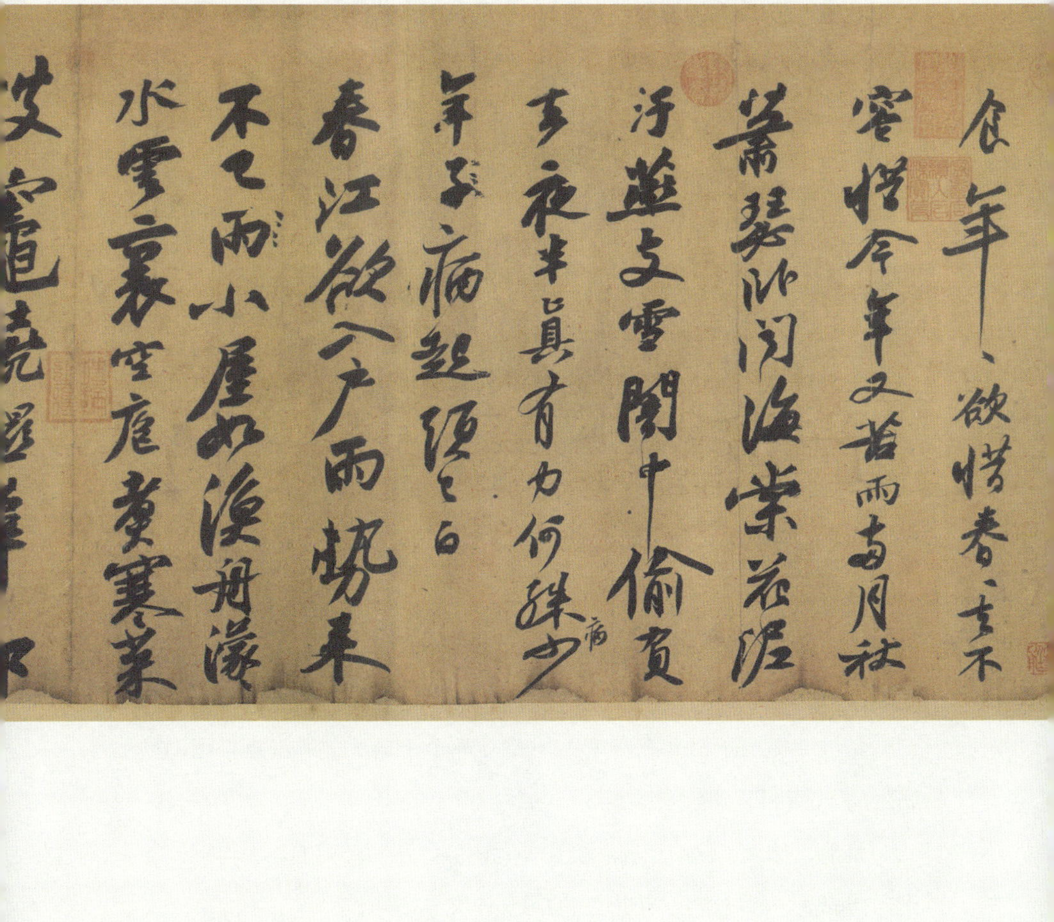

食年、欲惜春、去不
容惜今年又苦雨两月秋
萧瑟卧闻海棠花泥
污燕支雪闇中偷負
去夜半真有力何殊少
年子病起須已白
春江欲入戶雨势来
不已雨小屋如渔舟濛
水雲裏空庖煮寒菜
破竈烧濕葦

△ 北宋 \ **苏轼** \ **寒食帖**（局部）\ 台北故宫博物院藏

了，那就真的没什么大不了的了！

"竹杖芒鞋轻胜马，谁怕？一蓑烟雨任平生"这句词，后来成了很多人的座右铭，而苏轼给后人贡献的座右铭，也绝不止这一句。

"小舟从此逝，江海寄余生"（《临江仙》），这是一种潇洒；

"人生如逆旅，我亦是行人"（《临江仙·送钱穆父》），这是一种智慧；

"谁道人生无再少，门前流水尚能西"（《浣溪沙·游蕲水清泉寺》），这是一种坚韧；

"试问岭南应不好，却道，此心安处是吾乡"（《定风波·南海归赠王定国侍人寓娘》）……

在宋词的世界里，苏轼就像一个亦师亦友的智者，他可以陪着我们游山玩水，饮酒赏花，也能让我们在生命中最绝望的时候，从他那里借到一份力量。

虽然我们一直说苏轼是"全才"，但仅从历史贡献的角度来说，苏轼在词的贡献上才是最大的。

是他，提出了"自是一家"（《与鲜于子骏》）的观点，让词彻底脱离了"艳科"的不良名声；

是他，扩大了词的表现功能和书写内容，用写诗的方法去作词，让词向诗靠拢，最终成为与诗比肩的另一座文学高峰；

是他，留下了无数经典隽永的作品，给宋词这座宝库里，增添了最为璀璨的一组藏品……

金庸在《倚天屠龙记》里写了这样一段口诀："他强由他强，清风拂山岗。他横由他横，明月照大江。"

苏轼这一生过得磕磕绊绊，坎壈一生，他数次面对命运的黑暗，也曾在最好的年纪里无限接近过死亡，但任凭命运再怎么作弄，他的心中始终有"关西大汉，执铜琵琶、铁绰板"（俞文豹《吹剑录》），高唱着属于他的"明月照大江"，然后再驾一叶扁舟，"小舟从此逝，江海寄余生"。

千百年后，当一切都归于尘土，只有那轮明月，那条大江，仍旧在世人心中，继续书写着永恒的神话。

断而谋诸妇。妇曰我有斗
酒藏之久矣以待子不時
之須於是携酒與魚

△ 北宋 \ **乔仲常** \ **后赤壁赋图**（局部）\ 纳尔逊－阿特金斯艺术博物馆藏

苏门词人 秦观和

师门"内卷"，婉约还是豪放？

大江东去的时候，是后浪推着前浪的。

但在人海当中，其实是"前浪"先回头，看见了"后浪"的存在，莞尔一笑，伸出手来，拉了"后浪"一把，然后他们一起奔向远方。

嘉祐二年（1057）的前浪是欧阳修，后浪是苏轼，一句"此人可谓善读书，善用书，他日文章必独步天下"（杨万里《诚斋诗话》）预言了苏轼的未来，可谓精准。

熙宁十年（1077），苏轼已经变成了前浪，而后浪秦观凭借一篇《黄楼赋》被他称为"有屈宋才"（《宋史·秦观传》）。

但和年少中举，名扬天下的苏轼不同，秦观这时候已经快三十岁了，还是个白身。

要不为什么大家都爱说"出名要趁早"呢？其实苏轼只比秦观大十二岁，却在资历上硬生生差出了一个辈分。

苏轼为了这个"入室大弟子"可是操碎了心，不仅带着他到处游历，还把他引荐给老对头王安石。好在秦观没有辜负前辈的期待，落榜两次后，终于在元丰八年（1085）进士及第。

　　这会儿苏轼刚刚结束了黄州贬谪岁月，重回政治中心，秦观作为板上钉钉的苏轼门人，算赶上了好时候，过了两年就被苏轼引荐为太学博士。

　　但作为苏轼门人，有红利，也有风险。苏轼一生起起落落，坐在同一条船上的苏门学士、君子也差不多跟着一起沉浮。

　　苏轼生性豁达，他始终笑着面对人生中的各种磨难，从黄州到惠州再到儋州，他把坎坷变成了平仄，把苦难磨成了诗篇。

　　可是秦观不行，他虽然有着远大的志向和极高的天赋，骨子里却有着敏感而脆弱的基因，像精美的瓷器，可以高高供起，但很难经得起摔打磕碰。这一点，从他的词中就能看出来：

　　　漠漠轻寒上小楼，晓阴无赖似穷秋，淡烟流水画屏幽。
　　　自在飞花轻似梦，无边丝雨细如愁，宝帘闲挂小银钩。

　　　　　　　　　　　　　　　　　　　——秦观《浣溪沙》

　　秦观喜欢落花，喜欢春雨，喜欢一切代表哀愁的意象，也许他的内心里住着一个锁在深闺的少女，每天看到的都是这样的景色，于是身体里流淌着的血液也都带上了一丝酸楚。

　　这种轻柔细腻的文字，苏轼不喜欢，也不会去写，可是秦观几乎每一首词都是这样柔丽哀伤的基调，这是先天的基因密码结合后天际遇所决定的，是无解的谜题。他的很多诗也是这样，比如"**有情芍药含春泪，无力蔷薇卧晓枝**"（《春日》）被元好问称为"**女郎诗**"（《论诗三十首·其二十四》）。

虽然一个豪放派的师父带出了婉约派的徒弟，但并不妨碍苏轼看重秦观，在民间小说里，人们甚至给苏轼编出一个聪明美貌的妹妹——苏小妹，然后让苏轼把她嫁给了"秦少游"。

说起来秦观这人在明清小说里出现的频率真是不低，除了给苏小妹当新郎之外，在《红楼梦》里，他还是书写了秦可卿睡房里楹联的"秦太虚"。

秦观原字太虚，后改为少游。改字的原因被好友陈师道写在《秦少游字序》里——宋人非常喜欢拿名字做文章，苏洵也给两个儿子写过《名二子说》——总结起来就是说：秦观年轻的时候很喜欢看兵书，锐意进取，所以取字"太虚"，后来人到中年，发现日子不太好过，于是改变心态，"**愿还四方之事，归老邑里如马少游**"。

"太虚"有天空、玄理的意思，可以代表高远的志向，而马少游是东汉军事家马援的堂弟，是一个淡泊名利的人。从"太虚"到"少游"，可以看到秦观心态上的嬗变。

其实无论是太虚还是少游，秦观的名字都透着一股仙气儿，不知道是不是这个原因，他的有些词就有种飘飘欲仙的感觉。最为人熟知的还是这首：

纤云弄巧，飞星传恨，银汉迢迢暗度。金风玉露一相逢，便胜却人间无数。 柔情似水，佳期如梦，忍顾鹊桥归路。两情若是久长时，又岂在朝朝暮暮。

——秦观《鹊桥仙》

正如每年春节就想起王安石的"爆竹声中一岁除"（《元日》），端午就要念诵欧阳修的"五色新丝缠角粽"（《渔家傲》），中秋绝对离不开苏轼的"明月几时有"（《水调歌头》）……几位前辈瓜分了一年中的半数节日之后，把七夕留给了秦观。

这首《鹊桥仙》，是七夕必读之作，也是秦观难得"想得开"的作品。

正因为每年只有一次相遇的机会，所以就格外珍贵。只要爱情还在，就不必每天腻在一处。"金风玉露一相逢""两情若是久长时"，成为多少异地恋的座右铭呢？

更多的时候，秦观没法想得这么开，他的词作好像加了一层黯淡的滤镜，充满了哀伤的情感："碧桃天上栽和露，不是凡花数。乱山深处水萦回，可惜一枝如画为谁开？"（《虞美人》）

他就像那天上落下的碧桃花，虽然不是凡种，却在乱山深处盛开，那里只有萦绕如九曲回肠的潺潺流水为邻，只有如丝如愁的寒雨为伴，他的美，无人欣赏。

秦观现存的诗有四百多首，文章二百多篇，词其实只有一百多首。

但在我们眼里，他是一个词人。

如果说每一位词人都是带着使命来到人间，那么秦观最重要的使命可能就是把下面这一首，唱给世人：

> 山抹微云，天连衰草，画角声断谯门。暂停征棹，聊共引
> 离尊。多少蓬莱旧事，空回首、烟霭纷纷。斜阳外，寒鸦万点，
> 流水绕孤村。　　销魂，当此际，香囊暗解，罗带轻分。谩赢
> 得、青楼薄幸名存。此去何时见也，襟袖上、空惹啼痕。伤情
> 处，高城望断，灯火已黄昏。
>
> ——《满庭芳》

云在山间，若有若无；草在天边，时隐时现。"山抹微云，天连衰草"这清清淡淡的八个字，宛如一幅技巧高超的水墨画。

就像宋祁凭借一句"红杏枝头春意闹"（《玉楼春》）成为"红杏尚书"，秦观也凭着这首词，成了"山抹微云学士"，后来秦观的女婿在宴席上被冷落，还又着手自豪地说"某乃山抹微云女婿也"（蔡條《铁围山丛谈》）。

围绕着《满庭芳》这首词，还诞生了宋词史上最有名的一场婉约派与豪放派的对话，根据黄昇的《唐宋诸贤绝妙词选》里的说法，苏轼听了广为流传的《满庭芳》，觉得"销魂，当此际"这种写法实在是太肉麻了，像柳永的做派，于是教训秦观，"不意别后，公却学柳七作词"，秦观有点后悔，但词已经流传开了，再想改也来不及。于是苏轼

△ 元 \ 夏永 \ 楼阁图 \ 东京国立博物馆藏

开玩笑似的拟了一联说"山抹微云秦学士，露花倒影柳屯田"（叶梦得《避暑录话》），把秦观和柳永放在一起说事。

玩笑归玩笑，其实苏轼作为豪放派的掌门人，并没有看不起婉约派，对于柳永的词，他曾说过："世言柳耆卿曲俗，非也。如《八声甘州》云：'霜风凄紧，关河冷落，残照当楼'，此语于诗句，不减唐人高处。"（赵令畤《侯鲭录》）

在北宋词坛的星空里，有个耀眼的星系被称为"苏门词人"，那是围绕在"苏轼"这颗恒星周围的无数明星，而秦观是其中最亮的一颗。

他们有的擅长做文章，有的擅长作诗，大部分人都能写几首好词，不过不知道苏轼的"教学"出了什么问题，除了秦观之外，还有很多人都是婉约派。

"我住长江头，君住长江尾，日日思君不见君，共饮长江水"（《卜算子》），这是李之仪的爱情告白，清新质朴，带着浓浓的民歌风味；

"欲减罗衣寒未去，不卷珠帘，人在深深处"（《蝶恋花》），这是赵令畤的伤春幽情，经常和晏几道的作品混在一处，傻傻分不清楚；

"看朱成碧心迷乱，翻脉脉、敛双蛾"（《少年游》），这是张耒的苦苦相思，他和宋祁一样只留下了六首词，但依旧有传唱千年的经典。

真的一个豪放派都没有吗？倒也不是。还有"晁无咎、黄鲁直皆学东坡，韵制得七八"（王灼《碧鸡漫志》）。

黄庭坚和晁补之的主要成就在诗坛，但他们认同苏轼在词坛上的革新，在"以诗为词"的同时，也努力学习苏轼旷达、豪健的风格。

> 瑶草一何碧，春入武陵溪。溪上桃花无数，花上有黄鹂。我欲穿花寻路，直入白云深处，浩气展虹霓。只恐花深里，红露湿人衣。　　坐玉石，欹玉枕，拂金徽。谪仙何处，无人伴我白螺杯。我为灵芝仙草，不为朱唇丹脸，长啸亦何为。醉舞下山去，明月逐人归。
>
> ——黄庭坚《水调歌头》

"我欲穿花寻路，直入白云深处，浩气展虹霓"，黄庭坚的这句词，使用诗法写就，浩气凛然，在苏轼的影子里，竟然还颇有一点儿李白的精髓，而他自己不知道，还在苦苦寻找"谪仙何处"。

晁补之跟苏轼学习时间比较久，反复贬谪的经历也有所相似，但他也能够始终坚持自我：

> 开时似雪，谢时似雪，花中奇绝。香非在蕊，香非在萼，骨中香彻。　　占溪风，留溪月，堪羞损、山桃如血。直饶更、疏疏淡淡，终有一般情别。
>
> ——晁补之《盐角儿·亳社观梅》

△ 北宋 ＼ 黄庭坚 ＼ 赤壁怀古（民国拓本）

这样"花中奇绝"的梅花，无疑是他自己的写照，铮铮傲骨，令人嗟叹。

黄庭坚和晁补之在词上的成就不如秦观，作品传唱度不如李之仪，但他们是"苏门词人"这个星系当中，离苏轼最近的星，有了他们的存在，才有了豪放词的壮大，才有了岳飞、张元幹、辛弃疾这些后起之星的争相闪耀。

相比黄庭坚，晁补之还对词坛有一项"间接贡献"——他带出了一个词人徒弟。

虽然这个徒弟是女孩子，也是婉约派。

那是李清照，苏门另一个弟子李格非的女儿。

当苏门词人相继谢世，当金国铁骑蹂躏宋室河山，她将用柔弱的肩膀，撑起南渡词坛一片天空。

元／**赵孟頫（传）**／西园雅集图／台北故宫博物院藏

贺铸

那个宋词界的"改名狂人"

皇祐四年（1052），范仲淹在徐州过世。

这是我们所熟知的"北宋默写背诵天团"中，第一位过世的大佬。

"人事有代谢，往来成古今。"这毕竟是一个天才扎堆出现的时代，上苍总不会让文坛寂寞太久——就在同一年，贺铸出生了。

在大部分词人拿到的都是"科举剧本"的情况下，贺铸初入仕途，走的反而是武官路线。因为他有个说起来好听，但并没有太多实惠的出身——"一表三千里"的皇亲国戚。

贺家祖上有一位姑奶奶，是太祖皇帝的孝惠皇后，贺铸是她的族孙，不过已经隔了好几代，早就出了五服的范围，跟普通人区别不太大（何况当时的皇帝还是宋太宗的后代），最多在找工作上有点优待，能进禁军当个侍从。

北宋重文抑武，贺铸虽然自幼饱读诗书，但为了家庭生计，还是不得不在禁军里当了差。

那是贺铸生命中最肆意的一段时光，就像王维笔下的"新丰美酒斗十千，咸阳游侠多少年。相逢意气为君饮，系马高楼垂柳边"（《少年行四首·其一》）那样，十几二十岁的贺铸，跟一群志同道合的朋友飞鹰走狗、谈笑饮酒，为了朋友义气，可以两肋插刀，让人想起《水浒传》中的兄弟情义：

> 少年侠气，交结五都雄。肝胆洞，毛发耸。立谈中，死生同。一诺千金重。推翘勇，矜豪纵。轻盖拥。联飞鞚，斗城东。轰饮酒垆，春色浮寒瓮，吸海垂虹。闲呼鹰嗾犬，白羽摘雕弓，狡穴俄空。乐匆匆。
>
> ——贺铸《六州歌头》（上阕）

但这黄粱一梦，很快就要醒了，贺铸离开了京城，开始四处漂泊，"官冗从，怀倥偬。落尘笼，簿书丛。鹖弁如云众，供粗用，忽奇功"。

这一漂，就是十三年。

年过而立，眼看向着不惑走去，却依旧是个卑微的小官。虽然工作能力很强，可是又有什么用呢？

西夏犯边，让他沉睡的少年豪情有了一瞬间的苏醒和爆发，"不请长缨，系取天骄种，剑吼西风"。就像武侠小说里写的那样，手中无剑，心中有剑。

然而，"恨登山临水，手寄七弦桐，目送归鸿"，为身份所困，也因官场上对西夏的主流政策偏向投降，他并不能真正地上战场，于是也只能像嵇康送哥哥从军时所写的那样"目送归鸿，手挥五弦"罢了。

有趣的是，写出这样一首豪放词的贺铸，实际上是个彻头彻尾的婉约派。

这并不矛盾，人的性格本来就是多面的，贺铸尤其复杂。他的友人程俱是这么评价他的：

> 方回少时，侠气盖一座，驰马走狗，饮酒如长鲸；然遇空无有时，俛首北窗下，作牛毛小楷，雌黄不去手，反如寒苦一书生。方回仪观甚伟，如羽人剑客，然戏为长短句，皆雍容妙丽，极幽闲思怨之情。方回忼慨多感激，其言理财治剧之方，亹亹有绪，似非无意于世者；然遇轩裳角逐之会，常如怯夫处女。余以谓不可解者此也……
>
> ——程俱《贺方回诗序》（节选）

在程俱眼里，贺铸是一个"可盐可甜"的人，和朋友相处的时候是武侠男主，填词的时候是言情男主，说起工作头头是道，可是到了升官发财的关键时刻，他又腼腆起来……

这样的贺铸，竟然有点可爱。

可爱的贺铸，也有一个可爱的妻子。

她姓赵，是宗室女，要是从宋太祖算来，二人应该还有点七拐八绕的亲戚关系，不过赵氏不是那种娇生惯养的女子，她非常贤惠，操持家务是一把好手。贺铸曾经写过一首《问内》，讲赵氏在夏天给他补冬天穿的衣服，贺铸问她为什么这么早就开始补冬衣，赵氏先是一本正经地说"妇工乃我职，一日安敢堕"，然后话锋一转，说古时候有个女子，马上就要出嫁了才想起来医治脖子上的瘿瘤，如果等到天冷了才开始补冬衣，又跟这个女子有什么区别——这个例子举得很有意思，赵氏的形象，在贤惠中还带了一丝小小的俏皮，非常惹人怜爱。

绍圣五年（1098），贺铸给常年分居的赵氏写了一首小词《惜余春》，诉说自己的思念之情，词中有"鸳鸯俱是白头时，江南渭北三千里"的句子。

那个时候他还不知道，比白头鸳鸯分离两地更虑心的事情，很快就要发生了：

> 重过阊门万事非，同来何事不同归。梧桐半死清霜后，头白鸳鸯失伴飞。　　原上草，露初晞。旧栖新垅两依依。空床卧听南窗雨，谁复挑灯夜补衣。
>
> ——贺铸《半死桐》

晚年丧偶的贺铸，整个人就像龙门那株半生半死的梧桐树，斫成琴来弹奏，声音为天下至悲。他在妻子的坟前静坐良久，回家之后又听着窗外潇潇的风雨，又想起了当年与赵氏闲话补衣的场景……

从潘岳的《悼亡诗》到元稹的《遣悲怀》，诗人的妻子似乎都是只

有在死后才有机会被写进诗集，苏轼的"十年生死两茫茫，不思量，自难忘"（《江城子·乙卯年正月二十日夜记梦》）也是如此。这般相比，贺铸和妻子之间的相处，倒也可以称得上一句"神仙爱情"。

可能正因为有着爱情，这首《半死桐》才会这样令人肝肠寸断。

《半死桐》写于苏州——赵氏是在苏州过世的。

而贺铸另一首名篇，同样作于苏州：

> 凌波不过横塘路，但目送，芳尘去。锦瑟华年谁与度？月桥花院，琐窗朱户，只有春知处。　　飞云冉冉蘅皋暮，彩笔新题断肠句。试问闲愁都几许？一川烟草，满城风絮，梅子黄时雨。
>
> ——贺铸《横塘路》

从李煜开始，"愁"就是词中不变的主题，贺铸的"闲愁"，是一种介于悲伤和喜乐之间的真空境界，平淡，但隽永。

"一川烟草，满城风絮，梅子黄时雨"，都是很平常的江南风物，但层次选得很妙，烟草之青翠朦胧，风絮之轻灵缥缈，梅雨之厚重绵密，有颜色，有触感，有声音，这个初夏，好像变得异常鲜活起来。

贺铸这首《横塘路》在当初红极一时，很多一线词人纷纷唱和：

> 三年枕上吴中路，遣黄犬，随君去。若到松江呼小渡，莫惊鸳鹭，四桥尽是，老子经行处。　　辋川图上看春暮，常记

高人右丞句。作个归期天已许。春衫犹是，小蛮针线，曾湿西湖雨。

——苏轼《青玉案·和贺方回韵送伯固归吴中》

烟中一线来时路。极目送，归鸿去。第四阳关云不度。山胡新啭，子规言语，正在人愁处。　　忧能损性休朝暮，忆我当年醉诗句。渡水穿云心已许。暮年光景，小轩南浦，同卷西山雨。

——黄庭坚《青玉案》

为什么苏轼和黄庭坚的作品题为《青玉案》？而贺铸那首叫《横塘路》呢？

仔细看看字数，确实是同一个词牌，之所以叫了不同的名字，是因为贺铸的"神操作"。

中国人对"名字"总好像有一种执念。

对于一个古代的读书人来说，姓氏、学名和表字是最起码的"标配"，再讲究一点的话，他会有各种"号"，可以自己取，也可以让别人根据他的籍贯和做官的地方来称呼，如果他的官职够高，还会有谥号。比如王安石，就会被称为王介甫、王半山、王临川、王荆公、王文公……

这还不算完，乳名和外号也得安排上。

那些被人津津乐道的文人乳名，好多都跟动物有关，放在一起就像开了动物园——司马相如叫"犬子"，陶渊明叫"溪狗"，王安石叫

"獴郎"等。而外号的种类，主要有两种：一种是调侃才貌的，一种是因为某些有标志性的事件而传开的。

贺铸两种都占。

他的相貌别致，"长七尺，面铁色，眉目耸拔"，所以人称"贺鬼头"；又因为"试问闲愁都几许，一川烟草，满城风絮，梅子黄时雨"这一句词，被称之为"贺梅子"——当然，他的损友认为"贺梅子"这个外号很符合他的外形特征，因为贺铸发量稀少，绾在头上的发髻小如梅子。

虽然贺铸到底丑不丑这件事情还有争议，毕竟程俱说的是"仪观甚伟，如羽人剑客"，但大约是外号叫得特别响亮，贺铸这辈子就决定跟"名字"死磕到底了。

"调有定格，句有定数，字有定声"，好像"词"这种文学形式从诞生那天起，词牌名都是定好的。

没关系，我来给它们改一改，让大家换换口味。

贺铸给他的词集取名《东山寓声乐府》，南宋学者陈振孙是这样解读这个名字的："以旧谱填新词，而别为名以易之，故曰寓声。"

这本词集里收录了贺铸的二百八十六首词作，其中有一百三十一首改过名，这改名的方式倒也统一，就是从词作里摘一个核心词，取而代之。

"凌波不过横塘路"，很美，那么这首《青玉案》就改叫《横塘路》吧；"红衣脱尽芳心苦"，很美，那么这首《踏莎行》就改叫《芳心苦》吧；"梧桐半死清霜后"，太美了，这首《鹧鸪天》必须改叫《半死桐》……

△ 北宋 \ **赵佶** \ **摹张萱捣练图** \ 波士顿艺术博物馆藏

即使是同一个词牌，也可以改成不同的名字，除了《半死桐》之外，《鹧鸪天》这个词牌在贺铸的笔下，还有《避少年》《翦朝霞》《千叶莲》《第一花》之类的"马甲"，而《踏莎行》的别名更是多达八个。

"词牌"的诞生，本身就是为了歌咏相关事物的，比如《渔歌子》是渔翁的歌谣，《捣练子》是妇女捣衣的咏叹调，其实除了贺铸之外，也有很多人会根据词的内容给词牌改名，只是他们都没有像贺铸这样大规模全方位地去更改。

有人说，这样做完全没有意义。

可是，"意义"到底是什么呢？

人们为什么要写诗作词？"词"这种文学形式本身的存在，就是一种"意义"。而每一首经典作品，每一位核心词人对其做出的改变，都是让"意义"更丰富的行为。

贺铸的做法未必有普适性，却给宋词增添了更多有趣的玩法——他让我们关注到了"词牌"本身的美。

在几百年前的大唐，李白、杜甫死后，元稹、白居易生前那段时间里，诗坛似乎很寂寞，而在秦观、苏轼相继过世后，北宋的词坛也出现了一小段"真空"。

这个时候，晏几道年近古稀，李清照还在跟赵明诚过着你侬我侬的小日子，岁月的脚步还没有成就她"*凄凄惨惨戚戚*"的传奇，纵观词坛风云人物，除了周邦彦（也许还要加上一个宋徽宗）之外，似乎也就只剩下在江南闭门校书的贺铸了。

所以黄庭坚才会感叹：

少游醉卧古藤下，谁与愁眉唱一杯。

解作江南断肠句，只今唯有贺方回。

——黄庭坚《寄贺方回》

不久之后，黄庭坚、晁补之、晏几道、张耒、周邦彦相继过世，金兵的铁骑也攻破了辽国的燕京城。

唇亡齿寒，辽国灭亡之后，金兵马上就开始南下攻宋了。

宣和七年（1125），宋徽宗禅位，宋钦宗登基，"开封保卫战"打响，太学生陈东上书请杀蔡京等"六贼"。

北方的风云变幻似乎还没有影响到南方，在常州，继二十四年前苏轼与世长辞之后，贺铸也在这里走向了人生的终点。

还记得，他出生那年正赶上文坛巨擘范仲淹过世吗？

巧得很，他过世这年，也有一位未来的诗坛领袖诞生在淮河的一条船上，那是官员陆宰的三儿子——陆游。

文、词、诗，这样的新老交替，虽然只是一种冥冥之中的巧合，依旧令人心生无尽感慨。

历史的车轮就这样滚滚向前，谁也无法让它停下，第二年，就是靖康元年（1126）——"靖康之耻"的那个"靖康"。

北宋的时代马上就要结束了，接下来的舞台，属于李清照，属于岳飞，属于辛弃疾们。

我们可以，拭目以待。

周邦彦

明明可以靠八卦，偏偏要靠才华

元丰七年（1084），当四十七岁的苏轼终于结束了贬谪黄州的岁月，当三十九岁的黄庭坚初遇三十一岁的陈师道，当吕本中、李清照、曾几三位未来文坛的中流砥柱扎堆出生……二十八岁的周邦彦还是汴京太学的一名"外舍生"。

"外舍生"是个什么概念？

元丰二年（1079）颁布的《学令》给太学里边的学生分了三个档次：最高级别的是"上舍生"，共一百人；其次是内舍生，共三百人；最后才是"外舍生"，足足两千人。

周邦彦就是这"两千分之一"。

虽然每年都有一次通过考试升入"内舍"的机会，但竞争实在太激烈了，周邦彦在太学五年，依旧是"外舍生"。

别急，转折就发生在这一年，起因是一部名叫《汴都赋》的作品。

是的，以词人身份闻名于世的周邦彦，开启人生高光时刻的作品，却是一部花了一个月时间写成的，长达七千余字的大赋。

在这部被王国维称为"壮采飞腾，奇文绮错"（《清真先生遗事》）的《汴都赋》中，周邦彦热情歌颂了汴京的"百美所具"，除了铺陈这座城市的繁华锦绣之外，还对市易法、均输法、农田水利法等新法举措进行了高度赞扬。

文笔好、格局高，还拐着弯地表扬了新法，这篇赋可以说是写到了宋神宗的心坎儿上，皇帝当即拍板，直接提拔周邦彦当了"太学正"。

"太学正"是太学里负责管理学生的一个官职，一般有两种来源，一种是正式的官员任命，一种是从"上舍生"里选拔，周邦彦从"外舍生"的身份直接变成"太学正"，相当于连跳三级。根据陈郁《藏一话腴》里的说法，周邦彦因此"声名一日震耀海内"。

如果放在小说里，这个漂亮的开局，绝对是主角"大杀四方"的前奏。

但在接下来的几年里，风云一再变幻，并没有给周邦彦多少展现政治才能的机会。

元丰八年（1085），支持新法的宋神宗过世了，年幼的宋哲宗继位，偏向旧党的高太后垂帘听政。

元祐元年（1086），司马光和王安石先后过世，新旧党争却愈演愈烈。在接下来的几年里，旧党人员纷纷得到重用——苏轼为中书舍人、翰林学士、知制诰，"苏门四学士"同在秘阁任职。

而周邦彦在"太学正"这个"不入流"的小官位上，一坐就是五年。

他用了一个月的时间写《汴都赋》，用了一天的时间扬名天下，然后又用这五年的时间"尽力于辞章"。

宋 — 佚名 — 宋哲宗坐像 — 台北故宫博物院藏

再后来，他也跟大多数官员一样，经历了贬谪出京、重返朝廷、又放外任等几起几落，虽然没有像苏轼那么惨，但也并不顺利。

所以我们看他的词作中，总是有着一种明媚而忧伤的情绪：

> 风老莺雏，雨肥梅子，午阴嘉树清圆。地卑山近，衣润费炉烟。人静乌鸢自乐，小桥外、新绿溅溅。凭阑久，黄芦苦竹，拟泛九江船。　　年年。如社燕，飘流瀚海，来寄修椽。且莫思身外，长近尊前。憔悴江南倦客，不堪听、急管繁弦。歌筵畔，先安簟枕，容我醉时眠。
>
> ——周邦彦《满庭芳·夏日溧水无想山作》

在溧水当县令的时候，周邦彦已经三十八岁，距离"一文成名"那日，已经过去了整整十年。

他已经不再年轻了，却依然沉于下僚，像燕子一样，年年飘零，没个安定的日子。能怎么办呢？

需要注意的是，这首词写的是夏天。

我们熟悉的诗词当中，其实描写夏天的名句所占比例是比较少的，大概因为天气比较炎热，诗人词人都没什么兴致动笔。而周邦彦的词里，却有很多个经典而隽永的夏天：

> 燎沉香，消溽暑。鸟雀呼晴，侵晓窥檐语。叶上初阳干宿雨、水面清圆，一一风荷举。　　故乡遥，何日去。家住吴门，

△ 北宋 \ **赵士雷（传）** \ **荷亭消暑图** \ 台北故宫博物院藏

久作长安旅。五月渔郎相忆否。小楫轻舟，梦入芙蓉浦。

——周邦彦《苏幕遮》

这是我们能想象的，最美的夏天之一。雨后，难得一丝清凉，室内有沉香袅袅，室外有鸟雀鸣叫，这是夏天的味道，夏天的声音哪！夏天的时候就想到自己的故乡，什么时候才能回去呢？还是让思绪编织一个荷花香味的梦境吧，在梦里，他是一个自由的灵魂。

周邦彦有别于大部分词人的一个特点，是他精通音律，这一点从他的自度曲就可以看出来——前有柳永，后有姜夔，凡是有本事自度曲的，都得把那五音十二律玩得圆熟才行。

拜他所赐，我们有了一个史上"最丑"的词牌：

正单衣试酒，怅客里、光阴虚掷。愿春暂留，春归如过翼。一去无迹。为问花何在，夜来风雨，葬楚宫倾国。钗钿堕处遗香泽。乱点桃蹊，轻翻柳陌。多情为谁追惜。但蜂媒蝶使，时叩窗隔。　　东园岑寂。渐蒙笼暗碧。静绕珍丛底，成叹息。长条故惹行客。似牵衣待话，别情无极。残英小、强簪巾帻。终不似一朵，钗头颤袅，向人欹侧。漂流处、莫趁潮汐。恐断红、尚有相思字，何由见得。

——周邦彦《六丑·蔷薇谢后作》

这是写蔷薇落去之后，词人心中百转千回的感伤。词的内容明明是很美的，为什么非要取名"六丑"呢？周邦彦是这样对宋徽宗解释的："此曲犯六调，皆声之美者，然绝难歌。昔高阳氏有子六人，才而丑，故以比之。"（周密《浩然斋雅谈》）意思是说这曲子声调很美，但是从演唱的角度来说，太难唱了，就好像有才但相貌丑陋的高阳氏六子，所以才取了这么个奇葩名字。

歌美，但难唱，这不就是我们今天所说的"神曲"吗？能够写出这种曲子的人，也可以称一句"大神"了。

既然提起了宋徽宗，就不得不说起宋词史上最香艳的一段八卦。这也是后人提起周邦彦这个人，最为津津乐道的一件事。

这个故事的主角，是三个人：宋徽宗、周邦彦、李师师。

李师师是宋代文人的梦境，大部分现代人可能都是从《水浒传》里知道她的。

《水浒传》的作者对女性不友好是出了名的，梁山三个女首领有两个是"母大虫""母夜叉"，唯一一个美人扈三娘还被嫁给了好色吃人的矮子王英，梁山之外的女子更不用说，不是"出轨"，就是因为太美而遭罪，没什么好下场。

但李师师不一样，她是徽宗皇帝宠爱的女人，是梁山顺利"招安"的关键，色艺双绝，胆识过人，虽然也免不了被作者安排了一场强撩燕青（以便表扬小乙哥哥大义凛然不近女色）的套路戏码，但总归算个"正面人物"。

这个特别让人津津乐道的"三角恋"传说，讲的是周邦彦去找李师师"弹琴说爱"的时候遇见了宋徽宗，躲避不及，干脆藏在床底下。宋

△ 宋 \ **佚名** \ **宫招纳凉图** \ 台北故宫博物院藏

徽宗带了一颗橙子来（是的，只有一颗），躲在床底下的周邦彦就把宋徽宗和李师师两个人吃橙子、弹琴和对话的过程给写成了一首词：

> 并刀如水，吴盐胜雪，纤手破新橙。锦幄初温，兽烟不断，相对坐调笙。　　低声问：向谁行宿？城上已三更。马滑霜浓，不如休去，直是少人行。
>
> ——周邦彦《少年游》

宋徽宗知道之后一气之下把周邦彦贬了，但周大神又凭借另一首神曲《兰陵王》让宋徽宗赦免了他：

> 柳阴直，烟里丝丝弄碧。隋堤上、曾见几番，拂水飘绵送行色。登临望故国，谁识、京华倦客。长亭路，年去岁来，应折柔条过千尺。　　闲寻旧踪迹，又酒趁哀弦，灯照离席。梨花榆火催寒食。愁一箭风快，半篙波暖，回头迢递便数驿。望人在天北。　　凄恻，恨堆积。渐别浦萦回，津堠岑寂。斜阳冉冉春无极。念月榭携手，露桥闻笛。沉思前事，似梦里，泪暗滴。
>
> ——周邦彦《兰陵王·柳》

故事当然只是故事，但无法否认的是，周邦彦的自度曲《兰陵王》是真的太适合抒情了。它是难得的三片式结构，而三段式的感情层次，是抒情的黄金比例。在南宋初年，这首曲子在临安极为流行，人们听到

"沉思前事，似梦里，泪暗滴"的时候，都会泪流满面。

和《六丑》一样，《兰陵王》对演奏技术的要求也非常高，尤其是最后一段，"惟教坊老笛师能倚之以节歌者"（毛开《樵隐笔录》）。"兰陵王"高长恭这个人是历史上出名的美男子，但因为太美了，上阵杀敌的时候不得不带着吓人的鬼面具，这种美丑的反差，听起来跟"六丑"很相似，是周邦彦式的审美没错了。

剥开八卦的外衣，我们可以看到，周邦彦实际上是一个很传统的文人，他会用做学问的态度去对待作词，他的词，音调优美，格律严谨，字句工巧，像艺术品一样精益求精。别人作词，拿来词牌就填，他会让不同的情感配上不同的宫调；别人讲求平仄，他还会细分仄声字里的上去入三声，使歌词的音调与曲调密切配合，所以他的词读起来很令人舒服。王国维说："读先生之词，于文字之外，须更味其音律。今其声虽亡，读其词者，犹觉拗怒之中，自饶和婉，曼声促节，繁会相宣，清浊抑扬，辘轳交往，两宋之间，一人而已。"（《清真先生遗事》）

周邦彦这辈子的仕途不太顺，但也没有不顺成苏轼那样；他会写词，能谐律，但又不像柳永那样赶上了"开荒时代"，在北宋词坛大佬圈里，算不上顶流。

但他一辈子都在努力填词，新创、自度的曲调有五十多首，他的作词方式对南宋的吴文英等人产生了巨大的影响。

年轻时那铿锵有力的《汴都赋》已经消散在风月当中了，人们后来提到的周邦彦，是一个词人。

也只是词人，而已。

人这一辈子

是一块半苦半甜的糕点

有的人在前半辈子

就把甜的部分啃完了

于是后半辈子就越发难以下咽

于是他们就在苦涩中

写出了一生中最好的词

第三章

南渡·难渡

南渡词人

那些"词红人不红"的名字

靖康之难的战火，强行把一些人的人生撕成了两半。他们生于北宋，终于南宋，前半辈子花团锦簇，后半辈子苦雨凄风。

他们有一个很特殊的名字——南渡词人。

南渡，难渡。

这个群体当中，最出名的无疑是李清照，其他几位在大众的认知中稍显逊色，不过说到他们的代表作品，多少还是有些眼熟的。

如果让"词俊"朱敦儒写一本《我的前半生》，估计封面上会是一个巨大的"狂"字。

北宋娱乐业发达，风流子弟的路数大抵相似，无非是到处寻欢作乐，像柳永一样"烟花巷陌，依约丹青屏障"。朱敦儒也是这么做的，不过他不像柳永那样心里还想着仕途，宋钦宗征召他进京担任学官的时候，他甚至口吐狂言：

我是清都山水郎，天教分付与疏狂。曾批给雨支风券，累上留云借月章。　　诗万首，酒千觞。几曾着眼看侯王。玉楼金阙慵归去，且插梅花醉洛阳。

——朱敦儒《鹧鸪天·西都作》

　　"清都"是传说中天帝的居所，朱敦儒自比是天帝身边的"山水郎"，管理的是风雨云月，根本不把人间帝王将相看在眼里，甚至连天上的"玉楼金阙"都懒得回去，只想醉倒在洛阳城里，梅花树下。

　　好家伙，这又是一个"天子呼来不上船"的谪仙人哪！

　　可是洛阳注定要被金兵占领，朱敦儒只好和许多人一起仓皇逃命。

　　"中原乱，簪缨散，几时收？试倩悲风吹泪、过扬州。"（《相见欢》）从洛阳到扬州，那浸满了梅花香气的少年梦境啊，终于是醒了。

　　当朝廷再度征召，他不得不进入仕途，却又要面对昏暗的官场和四面楚歌的江山，于是他开始怒吼："回首妖氛未扫，问人间、英雄何处。奇谋报国，可怜无用，尘昏白羽。"（《水龙吟》）

　　在官场沉浮十几年之后，朱敦儒终于得以终老林泉，过着逍遥自在的日子，这个时候，他已经看开了。

　　他的词洗去了少年的狂傲，中年的忧愤，只剩下一种潇洒的明悟：

　　日日深杯酒满，朝朝小圃花开。自歌自舞自开怀，且喜无拘无碍。　青史几番春梦，黄泉多少奇才。不须计较与安排，领取而今现在。

——朱敦儒《西江月》

这首《西江月》在很多明清小说中被引用作开场词或结尾词——前者如《初刻拍案惊奇》，后者如《三侠五义》，很多人都会觉得他眼熟，可以说是"词比人红"的一个明证了。

朱敦儒写了一辈子的词，也用词写出了一辈子。这是一个微妙的信号，代表着词的功能在逐渐向诗靠拢。后来的辛弃疾以及辛派词人都受他影响，用词来书写人生中的重要事件。此外，由于朱敦儒的作词风格已经自成一体，辛弃疾、元好问等人均有明确的"效朱希真体"作品。

如果用一本正经的口气来说，朱敦儒在宋词史上有着一个承前启后的地位；要是改用网络语言来说，那就是"小众，但绝美"。

当朱敦儒在临安感叹"但愁敲桂棹，悲吟梁父，泪流如雨"（《水龙吟》）的时候，与他同属"洛中八俊"组合的"诗俊"陈与义，也在怀念着二十年前的好时光：

忆昔午桥桥上饮，坐中多是豪英。长沟流月去无声。杏花疏影里，吹笛到天明。　二十余年如一梦，此身虽在堪惊。闲登小阁看新晴。古今多少事，渔唱起三更。

——陈与义《临江仙·夜登小阁忆洛中旧游》

作为"江西诗派"骨干力量的陈与义，虽然主要成就是写诗，但他的这首词也很出名。

不仅是因为它启迪了杨慎的"古今多少事，都付笑谈中"（《临江仙》），同样因为这种怀旧的心态，非常能够引起人们的共鸣。陈与义的前尘往事，似乎不像朱敦儒那样热烈澎湃，但二十年后回想起来，依旧是荡气回肠，而且"杏花疏影里，吹笛到天明"本身又是极为浪漫的场景，这一层一层的细腻情感堆叠起来，成为所有南渡词人共同的旧梦。

与前尘往事对比强烈的，是当下的生活。

北方人到了南方，总有种种的不习惯，天气、语言、风俗……李清照曾言"点滴霖霪""愁损北人，不惯起来听"（《添字丑奴儿》），陈与义也有这种苦恼，寒食节的时候想找邻居借一点火都不知道如何开口，因为"不解乡音，只怕人嫌我"（《点绛唇》）。

那不仅仅是只身来到陌生城市闯荡的孤独——现代的"北漂"虽苦，尚有来处，而朱敦儒陈与义这些"南漂"，已经永无归途。

在这一半陆沉的神州大地上，有人追忆似水年华，有人却选择爆发。

张元幹，比朱敦儒小十岁，书香门第出身，原本也是个"百万呼卢，拥越女吴姬共掷"（《柳梢青》）的浪荡公子，但他在靖康之难中选择了投笔从戎，并参与了"开封保卫战"。

目睹了战火中一幕幕的人间惨剧之后，悲愤的感情在胸中激荡着，让他彻底完成了从婉约派到豪放派的蜕变。

在充满血色的建炎三年（1129），他面对"群盗纵横，逆胡猖獗"，高声嘶吼着"欲挽天河，一洗中原膏血"，又长叹一声"万里想龙沙，泣孤臣吴越"（《石州慢·己酉秋吴兴舟中作》）。

他和很多人一样，怀抱着力挽狂澜的梦想，却又在"主和"的大环境下一次又一次地失望。

绍兴十二年（1142），岳飞逝后，"四名臣"之一的胡铨被贬新州，张元幹悲愤交加，写下一首《贺新郎》为友人壮行：

> 梦绕神州路。怅秋风、连营画角，故宫离黍。底事昆仑倾砥柱。九地黄流乱注。聚万落、千村狐兔。天意从来高难问，况人情老易悲如许。更南浦，送君去。　　凉生岸柳催残暑。耿斜河、疏星淡月，断云微度。万里江山知何处。回首对床夜语。雁不到、书成谁与。目尽青天怀今古，肯儿曹、恩怨相尔汝。举大白，听金缕。
>
> ——张元幹《贺新郎·送胡邦衡待制赴新州》

似乎使用长调的词，更能盛下那些满溢而出的情感。

如果说柳永为长调搭建了舞台，周邦彦为长调安排了灯光音响，那么张元幹这些南渡词人就是长调的报幕员。

在他们之后登场的南宋词人，情感越来越深窅，作词也越来越长。到吴文英那里，一首二百四十字的《莺啼序》可抵整整六首五言律诗。

那些说不出来的话，只能写进词里了！

可是即使这样，张元幹依旧因为这篇《贺新郎》摊上了大事，被捕下狱，削籍为民。

但他从没有后悔。

曾经，他用血肉之躯守在汴京城门；现在，他蘸一腔热血为墨，削铮铮傲骨为笔，为后人留下了壮怀激烈的词章。

与张元幹际遇相似的人，还有很多，比如听名字就很婉约的叶梦得。

词坛上的人际关系，有时候就跟中国结一样，一环套着一环——叶梦得是"苏门四学士"之一晁补之的外甥。

不用说，这位早年走的也是婉约一路，"吹尽残花无人见，惟有垂杨自舞""无限楼前沧波意，谁采蘋花寄取"（《贺新郎》），南渡之后就变成了"叠鼓闹清晓，飞骑引雕弓"（《水调歌头·九月望日与客习射西园余偶病不能射》）"漫云涛吞吐，无处问豪英"（《八声甘州·寿阳楼八公山作》）。

在文学上，叶梦得不仅是个词家，还会写诗作文、通春秋学，他的笔记《避暑录话》和《石林燕语》是研究宋代制度、地理、诗文八卦方面的重要资料；在公务上，他善理财赋，还能带兵打仗，可以说是"文武双全"之才。

绍兴八年（1138），叶梦得任江东安抚制置大使，当他登临北固山，望尽滔滔江水，他想起了三国时期的风云变幻，想起了四十多年前苏轼在黄州写下的那首《念奴娇·赤壁怀古》，一时心潮澎湃：

云峰横起，障吴关三面，真成尤物。倒卷回潮目尽处，秋水黏天无壁。绿鬓人归，如今虽在，空有千茎雪。追寻如梦，漫余诗句犹杰。　　闻道尊酒登临，孙郎终古恨，长歌时发。万里云屯瓜步晚，落日旌旗明灭。鼓吹风高，画船遥想，一笑吞穷发。当时曾照，更谁重问山月。

——叶梦得《念奴娇》

那一轮明月，照过手握雄兵的孙策，照过进驻瓜步的拓跋焘，到如今，谁又能去问问它，当年的情景呢？

这首被认为"挹苏氏之余波"（冯煦《宋六十一家词选例言》）的词，开启了南宋词人对于三国风云的追忆。

既然是乱世，那就再出些英雄人物吧！于是辛弃疾高喊着"天下英雄谁敌手，曹刘。生子当如孙仲谋"（《南乡子·登京口北固亭有怀》），于是王质读到周瑜的传记拍案而起，"风虎云龙会，自有其人"（《八声甘州·读周公瑾传》）……

"南渡词人"们并不知道，他们在宋词史上的关键性地位。

就像歌剧当中的"幕间剧"，既短暂，又美好。

李清照

她不是一个弱女子

苏轼门下有很多的学生，"苏门四学士""苏门六君子""苏门后四学士"之类的小天团，一个接一个，但不是每一个都像秦观一样擅长填词。

比如"后四学士"中有一位叫李格非的同学，他留给世间的最经典的作品，并不是一首荡气回肠或者婉约清丽的词作，而是一个人。

一个首次提出"词别是一家"的词人。

那是他的女儿，李清照——中国历史上的"千古第一才女"。

在对女性束缚众多的古代，想要当一个出名的才女，是很困难的，即使你饱读诗书，也往往逃脱不了被称为某某人的女儿、姐妹、妻子、母亲的命运。那些能够留下自己名字的女诗人，又往往跟各种花边新闻绑定在一起，逃脱不了"红颜薄命"的模板。

只有李清照，她不是"李格非的女儿"，她让李格非成为"李清照的父亲"；她也不是"赵明诚的妻子"，她让赵明诚成为"李清照的丈夫"。

元丰七年（1084）注定是文学史上极为忙碌的一年，在这一年里：司马光修成了《资治通鉴》；苏轼离开了黄州，写下了《石钟山记》《题西林壁》等名篇，还在金陵与老对头王安石互相唱酬；黄庭坚与陈师道这两位"江西诗派"的鼻祖在颍昌初遇；周邦彦献《汴都赋》，擢试太学正……

而李清照，在这一年春天，诞生于山东济南。

生在这个年代，生为李格非的女儿，李清照无疑是幸运的，这个年代，理学对女性的束缚还没有达到极致，而李格非更是一位通达的父亲，他肯花大力气培养女儿，让她接受最好的教育——"苏门四学士"之一晁补之，就曾经当过李清照的老师。

李清照的母亲王氏，是前宰相王珪的女儿（一说王拱辰孙女），父母双方都有着良好的文化基因和人脉，先天的优良条件，加上后天的努力，一个会作词的灵透少女，就这样一头闯进了宋词的花园。

在她之前，即使内容再风流妩媚，即使词中的主角大多都是女人，词的创作一直是男人的世界，即使有少量的女性作品存世，似乎也激不起什么水花。

而现在，她来了。

不像一般的大家闺秀那样，大门不出二门不迈，她是喝着酒，划着小船来的：

常记溪亭日暮，沉醉不知归路。兴尽晚回舟，误入藕花深处。争渡，争渡，惊起一滩鸥鹭。

——李清照《如梦令》

这个亮相太惊艳了，它告诉人们，原来宋代的女孩子除了在闺中绣花拜月，伤春悲秋之外，还有另外一种欢脱的活法。

当然，李清照也会像普通女孩子一样伤春悲秋的，只是有了词的升华，她的伤春情绪，会来得更加细腻，也更加出人意料：

昨夜雨疏风骤，浓睡不消残酒。试问卷帘人，却道海棠依旧。知否，知否？应是绿肥红瘦。

——李清照《如梦令》

"帘外桃花帘内人，人与桃花隔不远"，在《红楼梦》中，林黛玉的愁绪总是隔着一卷薄薄的湘帘，朦朦胧胧，半遮半掩，是独属于中国古代女子的含蓄情感。而李清照让人把帘子卷了起来，然后问卷帘人：海棠花还在吗？这也是从侧面来表达自己的伤春之情，构思无比巧妙，短短三十三个字，却像是一部短小精悍的微电影，有前因，有场景，有人物，有对话，还有那浸润在文字里的明媚哀愁。

彩墨丹青一般，令人神往。

但是这样无忧无虑的闺中岁月实在太短暂了，一转眼就是落花时节，她注定还是要走所有女孩子的必经之路——嫁人。

△　南宋 \ **冯大有** \ **太液荷风图** \ 台北故宫博物院藏

而在这条路上，她是幸运的，她成为古代女子中，极少数的"嫁给了爱情"的那一个。

> 蹴罢秋千，起来慵整纤纤手。露浓花瘦，薄汗轻衣透。
> 见客入来，袜刬金钗溜。和羞走，倚门回首，却把青梅嗅。
>
> ——李清照《点绛唇》

我们无法得知，《点绛唇》当中的这位少女是否就是情窦初开的李清照本人，也无法验证那位"客"到底是不是她未来的丈夫，但可以肯定的是，她的丈夫赵明诚，和她有着共同的爱好与追求，即使在文学造诣上会输给她，也没有为了"男人的面子"之类的理由而恼羞成怒，他们是互相尊重、共同进步的。

寻常夫妻的情趣，是红袖添香，是花前月下，李清照和赵明诚玩得更高级，他们收集金石文物，还编订成册，还会互相考校对方书本上的知识——打赌某句话在某本书的第几页，赌赢了的人可以先喝茶。

当然，李清照总是会赢的，她赢了便开心地大笑，甚至打翻了茶杯，茶水泼了一身。

当一切都成为往事之后，她把这段故事写在《金石录后序》里：

> 余性偶强记，每饭罢，坐归来堂烹茶，指堆积书史，言某事在某书、某卷、第几叶、第几行，以中否角胜负，为饮茶先后。中即举杯大笑，至茶倾覆怀中，反不得饮而起。

△ 元 \ **钱选（传）** \ **海棠双雀图** \ 美国克利夫兰艺术博物馆藏

七百年后，这个故事又被纳兰性德这位"最后的词人"写成了小词："被酒莫惊春睡重。赌书消得泼茶香。当时只道是寻常。"

赵明诚赢不过李清照，还有一个更为经典的，关于《醉花阴》的案例。

薄雾浓云愁永昼，瑞脑销金兽。佳节又重阳，玉枕纱厨，半夜凉初透。　东篱把酒黄昏后，有暗香盈袖。莫道不销魂，帘卷西风，人比黄花瘦。

——李清照《醉花阴》

有消息称，赵明诚一口气写了五十首《醉花阴》，把李清照这首誊抄了混在里边，拿给自己的朋友看，朋友说，有三句写得最好："莫道不销魂，帘卷西风，人比黄花瘦。"

我们同样不知道这个故事的真假，因为很容易让人疑心：如果它是真的，五十首《醉花阴》总不可能一首都传不下来，或者是赵明诚一气之下把所有的失败作品都一把火烧了？

在《醉花阴》里，我们已经能看见，这对恩爱夫妻聚少离多的情况了。

虽然举案齐眉，也有着自己的一份学术事业，但李清照终究还是个官员的妻子，而官员的脚步，通常是不以意志为转移的，他可能在任何地方，就是不在她的身旁。

于是我们看见，李清照在独自的等待中，那一缕愁思，越来越长：

香冷金猊，被翻红浪，起来慵自梳头。任宝奁尘满，日上
帘钩。生怕离怀别苦，多少事、欲说还休。新来瘦，非干病酒，
不是悲秋。　　休休，这回去也，千万遍《阳关》，也则难留。
念武陵人远，烟锁秦楼，惟有楼前流水，应念我、终日凝眸。
凝眸处，从今又添、一段新愁。

——李清照《凤凰台上忆吹箫》

"新来瘦""人比黄花瘦""绿肥红瘦"，到此，"李三瘦"的
绰号已经可以叫响了。

后世人给李清照画像，总是一个消瘦的女子，纤腰一握，弱柳扶风
的模样，多半是因为她用的那几个"瘦"字太过深入人心吧。

我们都知道，当口腔对一种味道的感受达到极致，那么随之而来的
另一种味道也会变得更加突出。与茶的苦后回甘相反，李清照的人生像
是在蜜糖里裹了黄连，当那层甜蜜的外壳被时间舔舐之后，便只剩下苦
涩和对甘味的追忆。

如果说"靖康"这两个字代表着耻辱，那么"建炎"就是无尽的卑
微与仓皇。

皇帝、官员、文人都在忙着南奔，北方大地一片狼藉。

"乱世黄金，盛世古董"，俗话总是有一定的道理——在乱世中，
人尚且朝不保夕，何况是他们所珍视的那些物件呢？

李清照夫妇面临的就是这样一个问题。

多年以来的收藏——金石、书画、古籍……每一件都不舍得丢弃，

"四顾茫然，盈箱溢箧，且恋恋，且怅怅，知其必不为己物矣"（《金石录后序》）。

如果说现代人的"断舍离"是一场修行，那么李清照和赵明诚的"断舍离"绝对是一场劫难。

是他们自己的"劫"，也是文化史上的"难"。

另一场"断舍离"已经在悄悄酝酿了——建炎三年（1129），赵明诚过世。"年年雪里，常插梅花醉"（《清平乐》），他们一起看过那么多年的雪，最终还是没能走到白头。

李清照的后半生，一直都在失去。

先是失去了故乡，然后失去了丈夫，再后来，是那些书籍、金石，她以为她遇到了第二个良人，但那是个骗局，她为了跟张汝舟和离，险些陷入大牢。

最后的最后，她一无所有，只剩一部《金石录》、数十首诗词，还有一颗未曾改变的诗心。

对了，她还剩下"李清照"这个不朽的名字。

寻寻觅觅，冷冷清清，凄凄惨惨戚戚。乍暖还寒时候，最难将息。三杯两盏淡酒，怎敌他、晚来风急！雁过也，正伤心，却是旧时相识。　　满地黄花堆积，憔悴损，如今有谁堪摘？守着窗儿，独自怎生得黑！梧桐更兼细雨，到黄昏、点点滴滴。这次第，怎一个愁字了得！

——李清照《声声慢》

当她一口气写下这七组叠词，"李清照"这个名字就注定和"宋词"一起，千年不朽。

"守着窗儿，独自怎生得黑"，李清照是孤独的。且不说后半生背井离乡、听不惯南方口音的种种苦楚，即使是在她最好的年华里，某种意义上的孤独，也一直伴随着她。

这是她身为一个女性，处在男性掌握话语权的文化圈中的必然遭遇。

在宋代，能和她一起作词的，且作品还能流传下来的女子，实在不多。我们在《全宋词》里看到的大多数女词人，都是以"戴复古妻""蒋兴祖女"这样的名字存在，她们的作品零零星星，且往往伴随着悲伤的、惨淡的故事，不忍卒读。

在李清照晚年的时候，曾经遇到过一个姓孙的小女孩，李清照喜欢她的聪明伶俐，想教她作词。

但那时已经是理学当道，女性被进一步束缚和洗脑，于是小女孩一板一眼地对她说：

"才藻非女子事也！"

写诗填词，舞文弄墨，这就不是女孩子该干的事情啊！

那么在世人眼中，女孩子该干什么？

嫁人、生子、操持家务、孝顺公婆……

这个原本有机会成为"李清照第二"的小女孩，完全不知道她错过了什么样的机会，她按照世人眼中的女子模板过了一辈子，成了人们眼中的好女儿、好妻子、好母亲，她死后，为她撰写墓志铭的人把她和李清照的这段渊源写了上去，用的就是那句"才藻非女子事也"，不知道是批判还是赞同。

那个为孙氏女撰写墓志铭的人，叫陆游。

其实应该庆幸，虽然我们无法替孙氏女做出选择，但历史替我们选择了李清照。

李清照这辈子，见证了北宋最后的繁华，南渡的仓皇与屈辱，以及南宋偏安的无奈与悲凉，她的生命不算太长，但足够宽。

在她的晚年，临安有一段歌舞升平的时期。那年元宵节，朋友邀请她去观灯，她不想去，宁愿在家里听听热闹。

为什么呢？她是这样写的：

> 落日熔金，暮云合璧，人在何处？染柳烟浓，吹梅笛怨，春意知几许。元宵佳节，融和天气，次第岂无风雨？来相召、香车宝马，谢他酒朋诗侣。　中州盛日，闺门多暇，记得偏重三五。铺翠冠儿，捻金雪柳，簇带争济楚。如今憔悴，风鬟霜鬓，怕见夜间出去。不如向、帘儿底下，听人笑语。
>
> ——李清照《永遇乐》

这样的热闹，总会让她想起年轻时候的元宵节，和闺密一起出去快乐地玩耍，那时候多么自由自在呀！而现在呢？她已经变成一个憔悴不堪的老妇人了。

她和大宋，最好的时候都过去了，又何必强行假装自己还年轻呢？

这个时候，也只能"向帘儿底下，听人笑语"了。

南唐｜**周文矩**〔传〕｜**荷亭弈钓仕女图**｜台北故宫博物院藏

李清照在另一首《临江仙》中，更明确地表述了自己的晚年状态，在"春归秣陵树，人老建康城"之后，她深感"如今老去无成"，于是"试灯无意思，踏雪没心情"。

她冷眼看着别人的热闹，就像朱自清在《荷塘月色》里说的那样："热闹是他们的，我什么都没有。"

我们不知道李清照的确切去世时间，她就像一朵明艳的梅花，开过了最好的时候，在不为人知的时刻，悄悄零落成泥。学者只能通过考证，认为大致是在绍兴二十五年（1155）。

巧的是，根据考证，姜夔极有可能是在这年出生的。

在"绍兴"这个年号的最后几年里，属于南渡词人的时代基本终结，宋词界迎来了一次大规模新陈代谢，南宋词人们正式登场了。

绍兴二十四年（1154）的进士榜上，张孝祥的名字高居榜首，陆游被秦桧黜落，黯然离场，同年，刘过出生。

绍兴二十九年（1159），朱敦儒过世。

绍兴三十一年（1161），辛弃疾起义抗金，同年，张元幹过世。

绍兴三十二年（1162），岳飞平反昭雪，辛弃疾千里归宋，张孝祥写下了著名的"长淮望断，关塞莽然平"（《六州歌头》）……

再然后，是南宋口碑最好的皇帝——宋孝宗的时代。

一半精致富丽，一半金戈铁马的南宋词人，正要在风云渐起的词坛，大显身手。

李 岳
纲 飞

文臣与武将，都在用词爱着这片河山

晚唐乱世的时候，词人只想用歌舞升平来麻醉自己的神经，而经历过"豪放派"的改良，到了南渡之后，虽然同样是乱世，文人更愿意用词这种能够嘶吼着演唱出来的文学形式，来抒发抗敌救国的执着信念。

李纲，一个再普通不过的名字，他是南宋首任宰相，虽然只当了七十五天就被罢免，却依旧没有丧失收复失地的决心，他把那些戎马倥偬的信念，都写进了词里。

塞上风高，渔阳秋早。惆怅翠华音杳，驿使空驰，征鸿归尽，不寄双龙消耗。念白衣、金殿除恩，归黄阁、未成图报。

谁信我、致主丹衷，伤时多故，未作救民方召。调鼎为霖，登坛作将，燕然即须平扫。拥精兵十万，横行沙漠，奉迎天表。

——李纲《苏武令》

在"靖康之耻"中，金人掳走了包括徽钦二帝在内的一众天潢贵胄，这个"耻"说来只有一个字，却浸满血泪，足有千钧之重。李纲被罢职不得重用，却依旧期待着能够出将入相，不为荣华富贵，只为率军迎回二帝，一雪前耻。

而这种仿佛"小作文"的写法，称之"以文为词"，是继苏轼"以诗为词"之后的另一种玩法，在不久的将来，会由一个名叫辛弃疾的后辈全面继承并发扬光大。

李纲就像他的名字读音那样，一直就是一个很"钢"的人，虽然是文臣，却是坚定的主战派，在数年前的"开封保卫战"中，他就以两千人拒敌于宣泽门外，宋室仓皇南渡之后，他也没有放弃杀敌的梦想。

他回忆起一百多年前的"澶渊之盟"，那时宋真宗听取寇准的建议，御驾亲征，令契丹退兵，定下盟约，从此才有太平盛世。现在不过是把契丹人换成金人，把真宗换成高宗，把寇准换成李纲……历史就不能重新上演吗？

> 边城寒早。恣骄虏、远牧甘泉丰草。铁马嘶风，毡裘凌雪，坐使一方云扰。庙堂折冲无策，欲幸坤维江表。叱群议，赖寇公力挽，亲行天讨。　　缥缈。銮辂动，霓旌龙旆，遥指澶渊道。日照金戈，云随黄伞，径渡大河清晓。六军万姓呼舞，箭发狄酋难保。虏情慑，誓书来，从此年年修好。
>
> ——李纲《喜迁莺·真宗幸澶渊》

很遗憾，虽然我们常说"历史是一个复读机"，但宋朝已经没有条件再去复刻一个"澶渊之盟"，朝堂之上已经是"主和派"的天下，即使有一战之力，宋高宗大概也不会允许自己身边忽然又多出两位皇帝吧！

李纲在朝堂上倒也不算"孤军奋战"，他也有盟友——赵鼎、李光、胡铨，他们四位被称为"南宋四名臣"，加上一个"将在外"的岳飞，共同撑起了主战派的大纛。

赵鼎等三人也作词，虽然水平一般，但同样有慷慨激昂的，充满了斗争精神的作品，比如：

> 兵器暗吴楚，江汉久凄凉。当年俊杰安在，酌酒酹严光。南顾豺狼吞噬，北望中原板荡，矫首讯穹苍。归去谢宾友，客路饱风霜。　闭柴扉，窥千载，考三皇。兰亭胜处，依旧流水绕修篁。傍有湖光千顷，时泛扁舟一叶，啸傲水云乡。寄语骑鲸客，何事返南荒。
>
> ——李光《水调歌头》

清人陈廷焯在《白雨斋词话》中评价说"此类皆慷慨激烈，发欲上指。词境虽不高，然足以使懦夫有立志"。

虽然陈廷焯所谓的"此类"里还包含了不少经典词作，颇有错杀嫌疑，但用来形容"南宋四名臣"的词作，是完全合适的。

与这四位相比，我们更熟悉的，是岳飞的词作。

在战场上拼杀的岳飞，词中杀伐之气更为突出了：

怒发冲冠，凭阑处、潇潇雨歇。抬望眼，仰天长啸，壮怀激烈。三十功名尘与土，八千里路云和月。莫等闲，白了少年头，空悲切。　　靖康耻，犹未雪。臣子恨，何时灭？驾长车，踏破贺兰山缺。壮志饥餐胡虏肉，笑谈渴饮匈奴血。待从头，收拾旧山河，朝天阙。

——岳飞《满江红》

若单把"莫等闲，白了少年头，空悲切"这一句摘出来，就是劝人珍惜时间的名言警句，可若放在整首词里来看，就能感受到岳飞心里的那种急迫感：让我去打仗吧，趁着我还年轻，还能率领这支常胜的军队，为大宋撑起半壁江山！

《满江红》这个词牌，来源说法不一，人们一般认为"满江红"是指同名水草，或者来源于白居易"日出江花红胜火"，但现在能查到的第一个填词的人是柳永，所以也有人认为这是柳永创造（至少是改良）的词牌。

"暮雨初收，长川静、征帆夜落"，柳永笔下的《满江红》写的是羁旅之苦，倒也符合"满江红"这种水草漂泊无依的特点，但自从岳飞写了"壮志饥餐胡虏肉，笑谈渴饮匈奴血"之后，人们一提到《满江红》，首先想到的是满江的血水。

那也许是建炎南渡时，瓜洲渡口的残阳和尸山，也许是岳家军南征

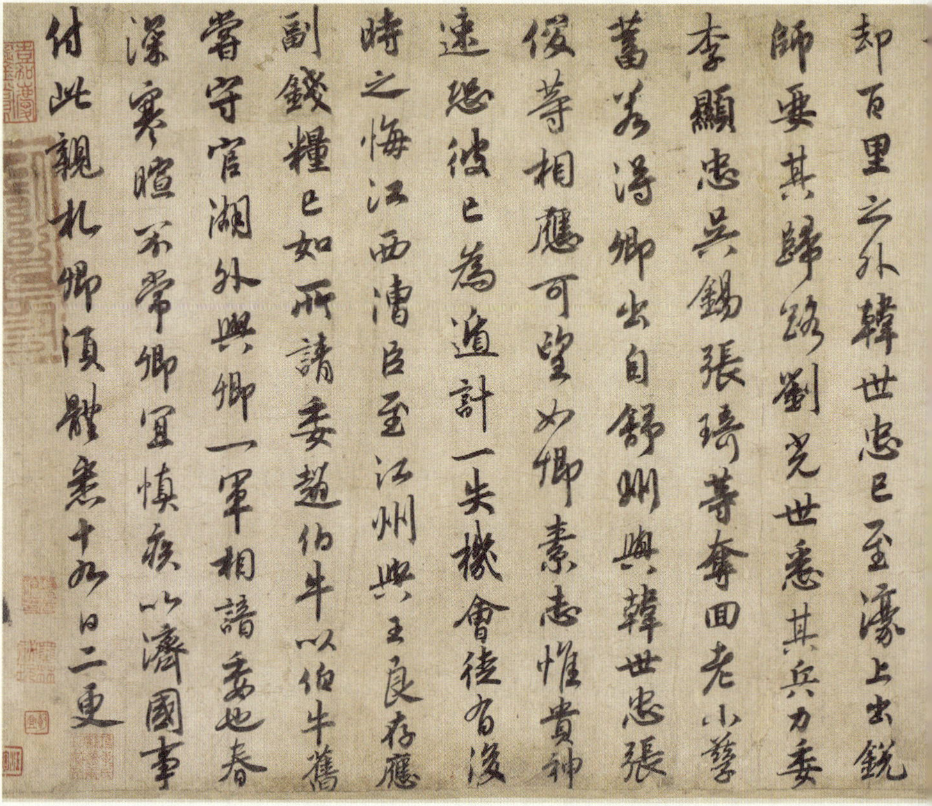

却百里之外韓世忠已至濠上出銳
師要其歸路劉光世惡其兵力委
李顯忠吳錫張琦等奪回老小輩
蕭芳浮卿出自舒州與韓世忠張
俊等相應可望妙卿素志惟貴神
速愍彼已為道計一失機會後省後
時之悔江西漕臣至江州與王良存應
副錢糧已如所請委趙伯牛以伯舊
當守官湖外與卿一軍相諳委卿處
深寒暄不常卿宜慎疾以濟國事
付此親札卿須體悉十九日二更

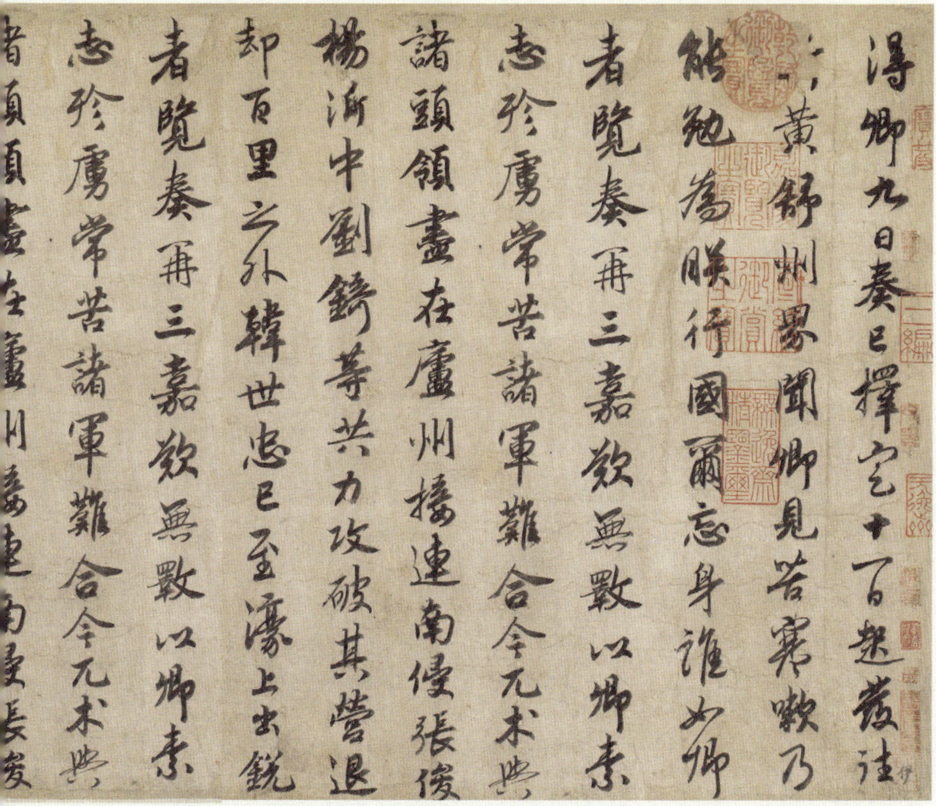

南宋　趙構　賜岳飛批劄卷（局部）　台北蘭千山館藏

得卿九日奏已擇定十百邏歲往
黃舒州界聞卿見苦寒嗽乃
能勉為朕行國爾忘身誰如卿
志殄虜常苦諸軍難合今无术與
者覽奏再三嘉歎無數以卿素
諸頭領畫在盧州搖連南侵張俊
楊沂中劉錡等共力攻破其營退
却百里之外韓世忠已至濠上出銳
志殄虜常苦諸軍難合今无术與
者覽奏再三嘉歎無數以卿素
者頭頁畫左盧川壽建南麦長髮

北战，用生命和鲜血染红的长江天险……

人们为什么会喜欢《满江红》这首词呢？不仅因为它的作者是名人岳飞，更因为词中所表达的那种悲壮的情绪，最能扣人心弦。

是的，悲壮，不仅因为它波澜壮阔的文字与情感，更因为它以悲剧收场的结局——

绍兴八年（1138），宋金议和，岳飞被禁止动兵，他在军帐里辗转反侧，难以入眠，于是写下了另一首名篇：

> 昨夜寒蛩不住鸣。惊回千里梦，已三更。起来独自绕阶行。人悄悄，帘外月胧明。　　白首为功名。旧山松竹老，阻归程。欲将心事付瑶琴。知音少，弦断有谁听。
>
> ——岳飞《小重山》

《小重山》的基调与《满江红》截然相反，它很安静，很无奈。如果说《满江红》是愤懑的嘶吼，《小重山》就是无声的叹息。

岳飞和李纲等人一样，爱大宋爱得深沉，可大宋不需要他们这样的爱，于是，也不需要他们的存在。

绍兴九年（1139），宋金和议取得重大进展，宋高宗赵构非常得意，大肆封赏群臣，岳飞却坚定地表示"可危而不可安，可忧而不可贺"，继续厉兵秣马，等待与金人一战。

如果把这件事变换一下时间地点，比如说放到今日的职场，那就是——公司要跟（曾经有仇的）大集团合作了，所有人都在庆祝，只有一小部分员工认为这种合作是"与虎谋皮",但是没人听取他们的意见,他们的反抗,会被看作是"没眼力见儿"的行为。

赵构和秦桧被岳飞折了面子,自然是很不高兴的。

而金人也极为忌惮岳飞这个不世出的战神,因为有了共同的眼中钉,秦桧很快就与金人定下了那个著名的肮脏交易。

绍兴十年(1140),岳飞迎来了他"职业生涯"的终点,朱仙镇一场大捷之后,被朝廷连发十二道金牌召回。

同年,李纲过世。他那"奉迎天表"的梦想倒是快能实现一半了——宋金和议的内容包括归还宋徽宗的灵柩,可是,这有什么用呢?

将要把"以文为词"发扬光大的辛弃疾,也在这一年诞生于济南,那里目前是金人的领土,也是李清照再也回不去的故乡。

现在,距离辛弃疾归宋,还有二十多年的时光。岳飞被召回下狱,"四名臣"不是过世就是被贬谪,"宋金和议"的大趋势再也无法改变了。

绍兴十一年腊月(公元入1142年),确切地说,是除夕那日,岳飞和儿子岳云、爱将张宪被处死。

绍兴十二年(1142),"宋金和议"正式达成,宋徽宗赵佶的灵柩被送还。

"**玉京曾忆昔繁华,万里帝王家**",赵佶终于回家了,可是汴京早成前朝旧事,人们也只能靠着一卷《清明上河图》和一部《东京梦华录》(绍兴十七年,即1147年成书)来追忆当年的繁华,哪里又是真正的家呢?

赵佶在五国城受尽金人折辱,他的臣子在为他辗转奔波,而他的亲

△ 元 \ **王振鹏（传）** \ **金明池争标图** \ 美国大都会艺术博物馆藏

人却只把他当作巩固地位的筹码，这又怨得着谁呢？

后世悼念岳飞的诗作连篇累牍，明代大学者丘濬写得非常辛辣：

> 我闻岳王之坟西湖上，至今树枝尚南向。
>
> 草木犹知表荩臣，君王乃尔崇奸相。
>
> 青衣行酒谁家亲，十年血战为谁人。
>
> 忠勋翻见遭杀戮，胡儿未必能亡秦。
>
> 呜呼！臣飞死，臣浚喜，臣俊无言臣忠靡。
>
> 桧书夜报四太子，臣构再拜从此始。
>
> ——丘濬《岳王墓》

岳飞死后，宋朝就向金俯首称臣，是真正的"称臣"——赵构对着别人可以称孤道寡，但给完颜宗弼（金兀术）写信的时候，落款是"臣构再拜"。

卑微到了尘埃里。

不过，金国万万想不到的是，金国的"待机时间"还不如南宋长。

就像宋辽"相爱相杀"多年后，辽国先一步被金国所灭那样，金国和南宋对峙多年之后，也会先一步灭亡在蒙古的铁骑之下。

他们也想不到，即使岳飞死了，宋帝俯首称臣了，他们也无法从此高枕无忧。在不久的将来，还有辛弃疾，还有虞允文，还有无数的仁人志士，至死不休！

宋 ／ 佚名 ／ 宋高宗后坐像（私人藏）

暖风熏得游人醉，直把杭州作汴州

失去了半壁江山的词人们

会写些什么

在无望中等待，在等待中沉醉

又在沉醉中，苦苦挣扎

于是，他们的词

就越写越长，越写越苦……

第四章

最后的沉醉与挣扎

辛弃疾

左手横刀立马，右手援笔填词

绍兴十年（1140），也就是岳飞大破金兵于朱仙镇那年，已经成为金国土地的济南东郊，四风闸村，一个男婴呱呱坠地，取名辛弃疾。

而距离四风闸三十多公里的地方，就是曾经诞生了李清照的章丘明水。这时候李清照还活着，年过半百，孤苦无依，济南是她再也回不去的地方。

李清照不知道，她的这个"小老乡"将会在不久之后回归宋土，并撑起宋词的半壁江山。

李清照号易安，辛弃疾字幼安，一个是婉约骨干，一个是豪放传人，他们这个宋词界独一无二的跨年龄、跨性别、跨门派组合，有个很响亮的组合名——"济南二安"。

辛弃疾的祖父辛赞在金国当官，职位还挺重要，是开封知府。要知道，开封可是北宋的都城，这个职位如果放在二十年前，可是相当不得了的。

年幼的辛弃疾曾经进入汴京离宫，当时池塘边上的丹桂花开得正好，那一树妖艳的红色给他留下了深刻的印象。后来他回忆起祖父在金国任职的无奈，借用王维"凝碧池头奏管弦"（《菩提寺私成口号》）的典故来表明自家忠于宋朝的决心，写下"管弦凝碧池上，记当时、风月愁侬。翠华远，但江南草木，烟锁深宫"（《声声慢·赋红木樨》）。

祖父身在金而心在宋，经常带着辛弃疾"登高望远，指画山河"（《美芹十论》），在少年的心灵里埋下了一颗收复中原、报仇雪恨的种子。

绍兴三十一年（1161），金国迁都汴京，金主完颜亮挥师大举南下，想要收割南宋仅剩的半壁江山。可谁也没想到的是，野心勃勃想要"提兵百万西湖上，立马吴山第一峰"的完颜亮竟然会在采石矶一战中，败给虞允文率领的军队，甚至把自己的性命都断送在长江边上。

虞允文是进士出身，在历来重文轻武的宋朝，书生领兵是很正常的一件事。

就在同一年，金国大军出征南下后，北宋故土上，不堪压迫的父老自发组织了起义队伍抗金，而同样是书生的辛弃疾就加入了其中一支义军队伍。

那一年，他二十一岁。

如果人生是一幕戏，辛弃疾的少年时代，拿到的无疑是属于男主角的剧本。义军有多少支！成功归宋的又有多少！偏偏他成功了，还直接在皇帝面前留了名字。

他太勇猛了！率领五十人就敢冲进五万驻军的金兵营地，生擒叛徒张安国，从山东济州府一路驰马送到建康行刑。这样一个人来到偏安的南宋朝廷，简直就像进入沙丁鱼池的那条鲇鱼，让整池的鱼都躁动起来。

可是沙丁鱼实在太多了，即使是凶猛的鲇鱼，在它们的包裹中，也会渐渐沉落，最终，南宋这一池鱼水又归于沉寂。

隆兴元年（1163），符离之战中南宋大败，主战派落于下风，而身为"归正人"的辛弃疾更是受到歧视。

英雄无用！

他想要"把诗书马上、笑驱锋镝"（《满江红》），可是落得个"汗血盐车无人顾，千里空收骏骨"（《贺新郎·同父见和，再用韵答之》）的惨淡收场，最后也只能"笔作剑锋长"（《水调歌头·席上为叶仲洽赋》）——用他那双握剑的手，在词林的温柔乡里杀出一条血路。

"莫说弓刀事业，依然诗酒功名"（《破阵子·硖石道中有怀吴子似县尉》），可是辛弃疾又怎么能真正放得下他的"弓刀事业"？他这辈子，做梦都在想念着少年时代的烽火狼烟：

> 醉里挑灯看剑，梦回吹角连营。八百里分麾下炙，五十弦翻塞外声，沙场秋点兵。　马作的卢飞快，弓如霹雳弦惊。了却君王天下事，赢得生前身后名。可怜白发生！
>
> ——辛弃疾《破阵子·为陈同甫赋壮词以寄之》

盛唐时期的边塞诗，作者大部分都是真正到过边塞的，所以才能描画出那种苍凉、悲壮的场景。

而辛弃疾是真正在战场上拼杀过的，他熟悉那种紧张的战斗生活，又时刻盼望着回归战场，所以你在他的词里，经常看到一个仗剑四顾的背影，那背影挺拔如少年，走近看时，却发现已是满头白发。

他就像武侠小说中被迫隐居的武林前辈，不停地高喊着"举头西北浮云，倚天万里须长剑"（《水龙吟·过南剑双溪楼》），"谁筑诗墙高十丈。直上。看君斩将更搴旗"（《定风波》），"汉家组练十万，列舰耸高楼"（《水调歌头》）……只希望有一天能够重出江湖，大杀四方。

他的词里，不甘的老者和无谓的少年反复出现着：

> 少年不识愁滋味，爱上层楼。爱上层楼，为赋新词强说愁。
> 而今识尽愁滋味，欲说还休。欲说还休，却道天凉好个秋。
>
> ——辛弃疾《丑奴儿·书博山道中壁》

苍老的是容颜和身躯，内心里，总还住着当初那个无所畏惧的少年郎啊。几百年过去了，读到这首词的人，谁不会为那个"为赋新词强说愁"的少年莞尔一笑，又为那个"却道天凉好个秋"的沧桑男人一声长叹呢？

我们多希望，辛弃疾的一生都是意气风发的少年，永远不知道"愁"到底是什么滋味呀！

△ 南宋 \ 马远（传）\ **雕台望云图** \ 美国波士顿艺术博物馆藏

可他终究还是变成了自己最恐惧的模样——沉于下僚，辗转无定，十三年间被调换了十四次官职。只能"把吴钩看了，栏杆拍遍，无人会，登临意"（《水龙吟·登建康赏心亭》）。

淳熙六年（1179），三十九岁的辛弃疾从湖北调职到湖南，跨了一个省，职位却还是转运副使，是主管漕运、钱粮、财政之类的官员，也算一地父母官，可对于武将出身的辛弃疾来说，这样的官职，只是桎梏罢了。

所以同僚为他饯行的时候，他乘着醉意，写下了这首词：

> 更能消、几番风雨，匆匆春又归去。惜春长怕花开早，何况落红无数。春且住，见说道、天涯芳草迷归路。怨春不语。算只有殷勤、画檐蛛网，尽日惹飞絮。　　长门事，准拟佳期又误。蛾眉曾有人妒。千金纵买相如赋，脉脉此情谁诉？君莫舞，君不见、玉环飞燕皆尘土！闲愁最苦！休去倚危栏，斜阳正在，烟柳断肠处。
>
> ——辛弃疾《摸鱼儿》

无论是他的青春，还是大宋的青春，都已经像这暮春时节的光景，再也承受不住更多的风雨了。

他多想让这春光留下来呀！可是他一个人的力量又怎么能跟这个世界抗衡？也只能眼睁睁地看着"落红无数"了。

"闲愁最苦！"

贺铸的"一川烟草，满城风絮，梅子黄时雨"（《青玉案》），在辛弃疾这里酵成了一杯酸涩的苦酒，让人难以下咽。

辛弃疾写下这首词的时候，虽然冥冥之中已经有了预感，但他实在不敢想象有一天只能伴着"画檐蛛网"，只能"倚危栏"看"斜阳正在，烟柳断肠处"。

据说宋孝宗看见这首明显嘲讽世居的词后不太高兴，但并没有对辛弃疾进行责难。

宋孝宗真的是南宋口碑最好的皇帝。

但，也就这样了。

淳熙八年（1181），辛弃疾在四十一岁时被弹劾罢职，此后足足闲居十年，最好的壮年时光就这样消磨殆尽。

既然无事可做，那就作词吧！

他在博山寺旁筑起了"稼轩书屋"，时常往来于博山道上，在这条路上，他写下了许多经典的词作，那首《丑奴儿·书博山道中壁》就是其中的一首。

有一次，他在风雨之夜，在博山道上找了一间破茅屋栖身，夜间被风雨惊醒，心绪翻涌，提笔写下了一首《清平乐》：

> 绕床饥鼠，蝙蝠翻灯舞。屋上松风吹急雨，破纸窗间自语。
>
> 平生塞北江南，归来华发苍颜。布被秋宵梦觉，眼前万里江山。
>
> ——辛弃疾《清平乐·独宿博山王氏庵》

这样的词，是少年人不爱读，中年人会读到哭的。

他的处境，就像这茅屋一样，被老鼠啃噬，被蝙蝠寄居，被风吹雨打，摇摇欲坠。他才四十多岁，却已经是"华发苍颜"了，可他依然对这片半路回归的江山爱得深沉。

虽然是"破纸窗间自语"，却也是撕肝裂肺的吼叫，泣血那种。

人的性格是复杂的，正如婉约的李清照会写出"天接云涛连晓雾，星河欲转千帆舞"（《渔家傲》）这样的豪言壮语，辛弃疾在这十年里，吼累的时候，也会随手写上几首无关胸怀抱负的清新小词：

> 茅檐低小，溪上青青草。醉里吴音相媚好，白发谁家翁媪？
> 大儿锄豆溪东，中儿正织鸡笼。最喜小儿亡赖，溪头卧剥莲蓬。
>
> ——《清平乐·村居》

大儿、中儿、小儿这种写法，其实不是辛弃疾的原创，而是来自乐府《三妇艳》（"艳"是曲调的意思），很多人写过类似的句法，比如："大妇织绮罗，中妇织流黄。小妇独无事，挟瑟上高堂"（王融《三妇艳诗》）。但人们总是记不住那三个织布弹琴的儿媳妇，却对辛弃疾的儿子——尤其是那个偷懒剥莲蓬的小儿子情有独钟。

这大概就是化腐朽为神奇的典范了。

村居的生活很平静，虽然辛弃疾不想当陶渊明，可是眼下没有别的选择，那就暂时忘记他的"塞北江南"，他的"万里江山"，静静地偷一刻岁月静好吧！

辛弃疾这辈子留下了六百多首词，在数量上笑傲全宋所有词人，其中两次闲居期间的作品超过四百五十首，占了三分之二还多。

但更为出名的作品，似乎还是那些金戈铁马之声。

嘉泰四年（1204），辛弃疾在镇江担任知府，积极筹措北伐，并于镇江北固山上，长啸出了他这辈子最激烈、最沉重的音符：

> 千古江山，英雄无觅孙仲谋处。舞榭歌台，风流总被雨打风吹去。斜阳草树，寻常巷陌，人道寄奴曾住。想当年，金戈铁马，气吞万里如虎。　元嘉草草，封狼居胥，赢得仓皇北顾。四十三年，望中犹记，烽火扬州路。可堪回首，佛狸祠下，一片神鸦社鼓。凭谁问：廉颇老矣，尚能饭否？
>
> ——辛弃疾《永遇乐·京口北固亭怀古》

他已经六十四岁了。那"金戈铁马，气吞万里如虎"的少年时代，已经一去不复返了。现在他是老将廉颇，心怀天下，可又有谁来当赵王，问一声"尚能饭否"？

他不甘心，还想着"天下英雄谁敌手。曹刘。生子当如孙仲谋"（《南乡子·登京口北固亭有怀》），可是一切都晚了。这已经是他的第三次复出，北伐之心不死，但有人想要让他死心，仅仅过了一年，就又被罢职。

"谁念英雄老矣，不道功名蕞尔，决策尚悠悠"（《水调歌

头》），辛弃疾在病痛和心灵的双重折磨中，度过人生的最后两年，于开禧三年（1207）含恨而逝，死前还在高喊着"杀贼"。

那一年，宰相韩侂胄被杀，南宋向金求和。

那一年，豪放派顶梁柱轰然倒塌时，婉约派的新苗恰好诞生——吴文英，那个被称为"词家李商隐"的人，会在不久的将来走上词坛，续写末路的辉煌。

有个很玄学的故事，说辛弃疾曾经在乾道八年（1172）的时候，预言过金的灭亡："仇虏六十年必亡，虏亡则中国之忧方大"（周密《浩然斋意抄》）。

那年辛弃疾三十二岁，六十年后，就是绍定五年（1232），蒙古围金汴京，金哀宗出逃。两年后，金国灭亡，蒙古开始攻宋。

如果周密记载的事情是真的，那辛弃疾真可以说是"大宋第一预言家"了。辛弃疾当然不可能知道金国灭亡这件事，在那个风雨飘摇的年代里，即使长寿如好友陆游，也没能活到九十岁。

在人生最后的岁月里，他也许会想起那年元宵节的热闹与寂寞：

> 东风夜放花千树。更吹落、星如雨。宝马雕车香满路。凤箫声动，玉壶光转，一夜鱼龙舞。　　蛾儿雪柳黄金缕。笑语盈盈暗香去。众里寻他千百度。蓦然回首，那人却在，灯火阑珊处。
>
> ——辛弃疾《青玉案·元夕》

那是王国维所称赞的"三种境界"中的最高级别。

可是，辛弃疾这辈子也没能在"灯火阑珊处"找到他"千百度"的追寻。

他有的时候会想起霍去病，那个年轻的战神，那个名字和他很登对的"冠军侯"，他们成名的时间都很早，可是霍去病英年早逝，当真一辈子都是少年。

他笑着调侃自己："谁让我姓'辛苦'的'辛'呢？罢了！"

他给族弟写了一首词，戏言自家姓氏，嬉笑背后，满满的都是苦涩：

> 烈日秋霜，忠肝义胆，千载家谱。得姓何年，细参辛字，一笑君听取。艰辛做就，悲辛滋味，总是辛酸辛苦。更十分，向人辛辣，椒桂捣残堪吐。　世间应有，芳甘浓美，不到吾家门户。比着儿曹，累累却有，金印光垂组。付君此事，从今直上，休忆对床风雨。但赢得，靴纹绉面，记余戏语。
>
> ——辛弃疾《永遇乐·戏赋辛字送茂嘉十二弟赴调》

除了归宋之前的作品没能流传之外，辛弃疾这辈子的行程脉络，都在他的六百多首词里。

他用词给自己写了一本传记，同时也记录了那几十年间的短暂历史——惊心动魄有之、波澜壮阔有之、愤懑无奈有之、平淡隐忍有之……

他直接在"豪放派"里边开辟了全新的"分舵"——辛派。

在这一百多年的时间里，"辛派词人"在词坛上挥戈纵横，沿着辛弃疾杀开的血路，一往无前。

陈 陆 张
亮 游 孝
祥

两位状元和一个落榜生

一千多年来，中国有过几百场科举考试，而总有那么几场，是"神仙打架"的局面。

比如北宋嘉祐二年（1057）的那一场，主考官是欧阳修，阅卷之一的是梅尧臣，中举的考生是苏轼、苏辙兄弟俩，曾巩、曾布等兄弟四人，章惇和章衡叔侄俩，还有张载和程颢……就连送考的家长里都藏着苏洵这种大佬——唐宋八大家里边，属于宋朝的六个人，有五个都在这场考试里了，而且这群人"才艺"还很全面，写诗的、作词的、写文章的、搞历史的、搞政治的、搞哲学的，有专攻也有兼修，厉害极了。

而看似弱小、黑暗又无助的南宋，其实也有这么一场星光闪耀的考试，那是绍兴二十四年（1154）的科举。

这一年，登榜的四位大佬在历史上的身份标签也像嘉祐二年的前辈们一样多面：范成大、杨万里主要写诗，虞允文主要带兵打仗，而勇夺状元的张孝祥，主要负责作词。

这一年，张孝祥才二十二岁。

二十岁出头这个时段，好像是词人们特别容易出成绩的年龄——王安石二十一岁进士及第，苏轼二十岁凭《刑赏忠厚之至论》令欧阳修赞叹不已，辛弃疾二十一岁起义抗金、二十二岁千里归宋，姜夔二十二岁写了《扬州慢》，岳飞二十三岁投身抗金前线……

说到这里，就不得不提起张孝祥当上状元后干的第一件事：上疏请求表彰岳飞。

这会儿距离风波亭冤狱，已经过去了十几年，岳飞的名字仍旧是个禁忌，张孝祥这么做其实是冒了很大风险的，但是他还是做了。要知道此前秦桧为了想要让自己的孙子当状元可是花了大力气，结果张孝祥半路"截和"不说，后来还拒绝了秦桧党羽联姻的邀请，反正是把秦桧等人得罪狠了，他们干脆用老办法整张孝祥，说他父亲谋反。

张孝祥是幸运的，秦桧刚好在这个时候死了，于是他终于在考上状元一年之后得到了官职。

和大多数官员的职业生涯一样，张孝祥的仕途有起有落。起的时候一路高歌猛进，只用了五年就当上了中书舍人，落的时候就是遭人弹劾，在家中赋闲。

绍兴三十一年（1161），赋闲当中的张孝祥听到了一个令人振奋的消息：自己的同科好友虞允文率军在采石矶边取得一场大捷，甚至击杀了金主完颜亮。他哈哈大笑着，写下了一首《水调歌头·闻采石战胜》来庆祝这难得的"雪洗虏尘静"，在这首词里，他不吝笔墨，用周瑜和谢玄作比，狠狠地夸赞了好友一番，同时还表达了自己的志愿："我欲乘风去，击楫誓中流"——他也想去和虞允文一起，击退侵略者，恢复中原。

理想是很美好的，可沉重的现实给了他当头一棒：前方战事依然吃紧，朝廷上下，投降的思想仍然是主流，而自己年富力强，却赋闲在家……

在建康留守张浚的宴席上，张孝祥挥笔写下了一首沉痛的长调：

> 长淮望断，关塞莽然平。征尘暗，霜风劲，悄边声。黯销凝。追想当年事，殆天数，非人力，洙泗上，弦歌地，亦膻腥。隔水毡乡，落日牛羊下，区脱纵横。看名王宵猎，骑火一川明。笳鼓悲鸣。遣人惊。　念腰间箭，匣中剑，空埃蠹，竟何成。时易失，心徒壮，岁将零。渺神京。干羽方怀远，静烽燧，且休兵。冠盖使，纷驰骛，若为情。闻道中原遗老，常南望、羽葆霓旌。使行人到此，忠愤气填膺。有泪如倾。

——张孝祥《六州歌头》

"中流以北即天涯"（杨万里《初入淮河四绝句·其一》），滔滔淮河成了宋金的分界线，当年的孔圣故里也沦落成了荒蛮之地，而中原的遗民依旧在"南望王师又一年"（陆游《秋夜将晓出篱门迎凉有感二首·其二》），怎么能不让人潸然泪下呢？

张孝祥年少成名，这会儿才刚摸到"而立之年"的门槛，却已经像

被弃置的兵器一样，空惹尘埃蠹虫。

报国无门哪！

可是这首词，不是一般的自怨自艾之调。这里有边塞风景，有敌人动态，有对朝廷主和的谴责，有中原遗民的深切期待，伴着两眼热泪洒出的，还有一腔热血。

这是那个时代需要的"警世钟"。

张浚读后"为罢席而入"（陶宗仪《说郭》），后人评价为"淋漓痛快，笔饱墨酣，读之令人起舞"（陈廷焯《白雨斋词话》）。

人们很兴奋，在苏轼之后，似乎已经很久没有这样豪情万丈的作品了。

事实上，张孝祥在写诗填词做文章的时候，一直以苏轼为自己的标杆，每当有了作品，他都要问问人家"比东坡何如"。

"应念岭海经年，孤光自照，肝胆皆冰雪"（《念奴娇·过洞庭》），张孝祥在苏轼的豪情壮思上，又多了一分浪漫襟怀。

他的努力方向是对的，但缺了些命数，病逝于三十七岁的壮年，最终没能比上苏轼，也被后辈辛弃疾超越。

其实张孝祥只比辛弃疾大八岁，差不多可以算同龄人，但他英年早逝，几乎没有得到与辛弃疾同框的机会，他的词风也没来得及被岁月打磨出更坚利的锋镝。

严格意义上来说，他不是正宗的"辛派词人"。

可他是站在辛派"远承东坡，近学稼轩"中间的那个人。

人们称他为"辛派先驱"。

他在"西湖歌舞几时休"（林升《题临安邸》）的大环境里走出了一条截然不同的路，在他身后迎头赶上的辛弃疾和辛派词人，又把这条路拓成了康庄大道。

时光回溯到绍兴二十四年的那场考试，其实那张星光闪烁的名单上，还少了一个文学史上更加如雷贯耳的名字。

陆游。

说来也是冤得很，陆游本来已经在"锁厅试"（原本有官职的人在考进士之前参加的考试）里取得了第一名，但谁让秦桧的孙子秦埙也参加了那场考试？秦桧想要让孙子得第一，就必须"枪打出头鸟"，把最出彩的苗苗掐死在萌芽状态，于是陆游在礼部的考试中，就这么被黜落了。

但是结局我们已经知道——为了打击秦桧的气焰，宋高宗并没有选秦埙当状元，而是把他调到第三名，然后把状元给了张孝祥。

秦桧固然被气得不行，但陆游还是这件事里的最大输家。

如果他从此一蹶不振，那可能就没有这位史上存诗最多的大诗人了。

好在他没有，所以我们今天才能感动于他的"家祭无忘告乃翁"（《示儿》），并调侃他的"我与狸奴不出门"（《十一月四日风雨大作二首·其二》）。

不过，陆游是立志要当诗人的，他觉得词这种文体是不正经的东西，虽然也写了一些词，而且还颇有精彩之作，但他本人却一提起作词就后悔，晚年给自己编文集的时候，还要特意在词的篇章前边写上一段自我批评，说"少时汩于世俗，颇有所为，晚而悔之"（《长短句序》）。

唉！年轻的时候很傻很天真，写了这些东西，虽然写得还不错吧，但是到老了就很后悔。

按照今天的流行说法，陆游这个操作挺"凡尔赛"的。

但谁让他是天才呢？也只有天才才能有"凡尔赛"的资本。陆游再不喜欢词，他的词还是被人们传唱不休：

> 红酥手，黄縢酒，满城春色宫墙柳。东风恶，欢情薄，一怀愁绪，几年离索。错！错！错！　　春如旧，人空瘦，泪痕红浥鲛绡透。桃花落，闲池阁，山盟虽在，锦书难托。莫！莫！莫！
>
> ——陆游《钗头凤》

这首词在现代知名度很高，因为它有爱情故事的附加值，还跟陆游"伤心桥下春波绿"等《沈园》系列的诗一起"打包出售"，成为人们口中津津乐道的传奇。

陆游这辈子留下了一万多首诗，却只有一百多首词，从这么明显的"区别对待"就可以看出来，他的确没说假话，他就是不待见"词"这种文体。而这一百多首词的风格也不太统一，既有"山盟虽在，锦书难托"这种惆怅不堪的爱情宣言，也有"懒向青门学种瓜，只将渔钓送年华"（《鹧鸪天》）这种老干部的养生经，还有"零落成泥碾作尘，只有香如故"（《卜算子·咏梅》）这种隐含人生哲理的作品。

一句话，有才，任性。

不过，作为一个合格的"辛派词人"，他成就最高的几首词，都是带着边塞战火的：

当年万里觅封侯，匹马戍梁州。关河梦断何处？尘暗旧貂裘。胡未灭，鬓先秋，泪空流。此生谁料，心在天山，身老沧洲。

——陆游《诉衷情》

雪晓清笳乱起。梦游处、不知何地。铁骑无声望似水。想关河，雁门西，青海际。　　睡觉寒灯里。漏声断、月斜窗纸。自许封侯在万里。有谁知，鬓虽残，心未死。

——陆游《夜游宫·记梦寄师伯浑》

陆游对"收复汉唐故地"这件事念了一辈子，他努力地活了八十多岁，可能也就是为了亲眼见到"王师北定中原日"（《示儿》），所以在他写得最好的词里，我们也能看到他的这种执着。

"心在天山，身老沧洲""鬓虽残，心未死"，这是一个"老兵"的残念，如微弱的火苗，在南宋的长夜中，发出了一点义无反顾的微光。

就像他在《秋波媚·七月十六日晚登高兴亭望长安南山》当中所写的那样："多情谁似南山月，特地暮云开。灞桥烟柳，曲江池馆，应待人来。"

他始终相信，这长夜终有一天会云开见月，让他回到他的"长安"。

游惶恐再拜上啟
原伯知府判院老兄台座 拜違
言侍三逾四閱月正上懷仰吉凶卜居印以秋清共惟
映藩誰宦
神人相助
共惟萬福游以八月下旬方能引戍昌迨中勞費
百端不自意達此惟時之展誦
近行妙語用自開釋耳左右遑兄報者
采興之除今肅計秦
溪興西事開府久矣不以辱
樽俎麾命也鄭推官佳世當厚
府境頗若清後未玉疵癘今
伯兮村土必亡送相久卒中日醺不光军诵右民
博議殊歟仰や吉由
參親惟万已
嚴速之拜不宣游惶恐再拜上啟
原伯知府判院老兄台座

△ 宋 ╲ 陆游 ╲ 致原伯知府判院（又名《秋清帖》）╲ 台北故宫博物院藏

陆游的词可以说是博采众长，但是"皆不能造其极"（《放翁词提要》），所以他虽然比辛弃疾大十五岁，年龄上是前辈，但作词上只能是"辛派中坚力量"，不过，从名气上来说，他确实是辛派词人里最出名的一位了。

辛派的另一位中坚力量陈亮，名字看着普通，也没有陆游出名，但他却有着陆游失之交臂的身份——他是绍熙四年（1193）的状元。

又是一个状元！

但跟少年中举的张孝祥不同，陈亮中状元的时候已经五十岁了，而且在第二年就病逝了，并没有享受到这个身份带来的荣耀。

不过，到底是考过全国第一的，我们提起他的时候，还是可以在他身上贴上一个大大的"状元"标签。

网上曾有个流传甚广的用来安慰落榜生的鸡汤段子，还被选为模拟考试的作文题目：说是有两份名单，第一份基本没人认识，而第二份基本没人不认识。

然后公布答案——第一份名单上的都是清朝状元，第二份名单上都是落第秀才。乍一看，好像状元没啥了不起的，还不如落第秀才。

问题在于，这两份样本的选择实在有失偏颇。在清朝的一百多个状元里选几个不出名的，和在数不清的落第秀才里选几个出名的，这关系不对等啊！

如果把这份名单放到宋词界，第二份名单上绝对会有柳永、姜夔、吴文英这些大佬的名字，而第一份名单上随便选几个大家都不认识的状元，也很容易。

事实上，宋朝一百一十八个状元，属于南宋的四十九个当中，竟有两个著名词人，还有两个著名诗人（文天祥和王十朋），这成名比例，真不低了。

　　不过，陈亮这辈子最高光的时候，其实不是当了这个短命的状元，而是他交了一个叫辛弃疾的朋友。

　　辛弃疾把他的名字写在词里，于是人们就永远地记住了他。

　　是的，他就是那个《破阵子·为陈同甫赋壮词以寄之》里边的"陈同甫"。

　　淳熙十五年（1188），陈亮去看望辛弃疾，两人同游鹅湖，长歌互答，成就了千古佳话"鹅湖之会"。就在十三年前，朱熹和陆九渊的"鹅湖之会"不欢而散，而辛弃疾和陈亮的友谊在这次会面中得到了升华。

　　陈亮说："九转丹砂牢拾取，管精金、只是寻常铁。龙共虎，应声裂。"（《贺新郎·寄辛幼安和〈见怀〉韵》）

　　辛弃疾回："我最怜君中宵舞，道男儿、到死心如铁。看试手，补天裂。"（《贺新郎·同父见和，再用韵答之》）

　　三唱三答，一共六首《贺新郎》，用的是同一组韵，但是没有寻常步韵唱和诗词那样明显的趋同性，在这三组词当中，我们可以看到，两个人不同的性格、审美与一致的目标理想。

　　能跟辛弃疾以词会友，陈亮本人必然也有两把刷子，他的词大开大合，表现出了非常鲜明的政治立场：

　　　　不见南师久，漫说北群空。当场只手，毕竟还我万夫雄。
　　自笑堂堂汉使，得似洋洋河水，依旧只流东？且复穹庐拜，会

向藁街逢！　　尧之都，舜之壤，禹之封。于中应有，一个半
个耻臣戎！万里腥膻如许，千古英灵安在，磅礴几时通？胡运
何须问，赫日自当中！

　　　　　　　　　　——陈亮《水调歌头·送章德茂大卿使虏》

　　辛弃疾是"以文为词"的，他用写文章的笔法去作词，而陈亮的词
读起来，干脆就是一篇短小精悍的文章，所以大家说，其实陈亮是"以
词为文"的。

　　"尧之都，舜之壤，禹之封。于中应有，一个半个耻臣戎"，这
话骂得太狠了，就好像在指着鼻子对人家说："这么大个国家，总得有
一个半个要脸的吧。"

　　可以想象的是，这样胸怀大志的陈亮如果早一点中举，或者中举之
后能有足够的时间实现政治抱负，也许能多为风雨飘摇的南宋带来多一
点改变与生机。他在及第之后例行感谢皇恩的诗中写道，"复雠自是平
生志，勿谓儒臣鬓发苍"（《及第谢恩和御赐诗韵》），可以看出，
他是想要把北伐进行到底的。

　　但天意弄人，有资格争取改变的陈亮和张孝祥都输给了时间，而时
间足够的陆游，又因为秦桧的暗中操作在一开始就错过了登天之路。

　　他们终究都没能成为胜利的变量。

　　当金国和南宋都相继化作历史的尘埃，当一切风流云散之后，只有
他们的诗词文章流传下来，告诉后人：

　　曾经有这样一群人，他们活得很辛苦，也很精彩！

刘过 刘克庄

"糙汉子"们的宋词

有一件有趣的事情，"辛派词人"虽然姓辛，却出了三位姓刘的骨干：一个是跟辛弃疾同时代的好友刘过，另两位是辛派后劲刘克庄、刘辰翁，他们号称"辛派三刘"，这个组合有的时候会带上陈亮玩，叫"一陈三刘"。

他们和陈亮一样，都是将辛派精髓发扬光大之人。

我们看《射雕英雄传》的一个情节——郭靖给杨康的儿子取名"过"，字"改之"，希望他能"有过必改"时，总会一脸问号：郭靖咋突然变得有文化起来了？不仅能取名，还能取字，是黄蓉教得太好了吗？

其实郭靖是有"参考答案"的。因为：刘过，字改之。

可惜，跟天生拿到男主角"身份牌"的杨过不同，刘过本过，在大佬辈出的宋词世界里，多少显得有点"寂寂无名"。拿这个名字问十个人，大概会有八个人表示"没印象"，而在那两个知道"刘过"其名的人的认知里，这个名字是跟他的朋友辛弃疾、陆游、陈亮绑定的。

这也是没办法的事。

和其他在政坛、文坛多栖的词人相比，终生布衣的刘过，少了太多曝光的机会，想要出名，没法靠身份，就只能靠朋友和才华。

他就像武侠小说里浪迹江湖的游侠，武功不太高，好在背后的门派够显赫，人们提起他的时候，首先想到的也是门派里的"大师兄"们。

刘过是辛弃疾的"死忠粉"，他"词多壮语，盖学稼轩"（黄升《中兴以来绝妙词选》），而且凡是写给辛弃疾的词，都要用对方的体例来写，倒是颇有点《天龙八部》里边能够模仿别人招式的"小无相功"的意思。

比如辛弃疾写过一首《沁园春·将止酒戒酒杯使勿近》，用跟酒杯对话的形式刻画出了一个"成功戒酒多次"的中年酒徒形象，刘过看了觉得不错，就在一次辛弃疾找他玩的时候，回了一首词，委婉地表示"我去不了，你听我狡辩"的意思：

> 斗酒彘肩，风雨渡江，岂不快哉！被香山居士，约林和靖，与坡仙老，驾勒吾回。坡谓："西湖，正如西子，浓抹淡妆临镜台。"二公者，皆掉头不顾，只管衔杯。　　白云："天竺去来，图画里、峥嵘楼观开。爱东西双涧，纵横水绕；两峰南北，高下云堆。"遄曰："不然，暗香浮动，争似孤山先探梅。须晴去，访稼轩未晚，且此徘徊。"

> ——刘过《沁园春》

在生活中，我们经常会遇到这样两难的问题。

有个特别志趣相投的人，约你去赴宴／"唱K"／"开黑"／"狼人杀"，而你有事去不了，你应该怎么回复？

正常版：实在不好意思呀，我不巧临时有事，咱们改天再约。

脑洞版：那啥，我半路遇见东邪西毒南帝北丐找我"华山论剑"，咱们改天再约呗，爱你"么么哒"。

刘过给辛弃疾的回复，就是"脑洞版"：辛老哥呀，咱俩都是英雄豪杰一样的人物，相信你的宴会上肯定也是大碗喝酒，大块吃肉那种，想想就觉得很爽。但是吧，我正往你那边走呢，忽然冒出三个人来，我一看，哇不得了，是白居易、林逋、苏轼三位大佬拉我去喝酒哇……

在现在的文学作品当中，别说一次跟三位不同时期的古人喝酒吟诗，就是上下五千年的穿越都不是新鲜事，但在那个时候，刘过这样的作品，可以说是相当"惊世骇俗"的。

不得不说，这位刘过同学的脑洞是真大，用宋词编故事，也是真敢玩！偏偏他编的这个故事看起来还特别真实，让人恍然间觉得，如果这三位不同时代的人物能够聚在西湖上畅饮，可能也就是这种场面。而与三位大佬对饮的刘过，形象也一下子高大起来了。

岳珂（岳飞的孙子）在书里记载关于这首《沁园春》的趣事，说刘过在某次聚会时朗诵了这首词，摸着胡子特别得意，岳珂马上调侃他："词句固佳，然恨无刀圭药疗君白日见鬼证耳"（《桯史》），于是哄堂大笑。

——写得挺好，就是可惜没有药能治你这白日见鬼的毛病。

作为辛派中坚力量，刘过除了学习辛弃疾的幽默俏皮之外，同样会学习他的豪迈情怀：

> 中兴诸将，谁是万人英？身草莽，人虽死，气填膺，尚如生。年少起河朔，弓两石，剑三尺，定襄汉，开虢洛，洗洞庭。北望帝京，狡兔依然在，良犬先烹。过旧时营垒，荆鄂有遗民。忆故将军，泪如倾。
>
> ——刘过《六州歌头·题岳王庙》（上阕）

《六州歌头》这个词牌，基本是跟"豪迈"挂钩的，从贺铸到张孝祥，都有佳作，而刘过这首也同样精彩，他原原本本地写出了岳飞的功绩与冤屈，用词精准，且精彩。

之所以仅选上阕，是因为下阕主要吹捧为岳飞平反的"君恩"。毕竟后人题岳飞庙可以痛骂昏君奸臣，而刘过仍旧生活在宋朝的土地上，他只能骂奸臣，昏君还得捧着。虽然给岳飞平反的宋孝宗严格意义上来说不算昏君，但"彩虹屁"吹太多，到底让下阕的格调降了不少。

最让刘过痛苦的，其实不是必须得在词里拍马屁，而是他根本没有机会当面做这件事，原因已经说过了，就四个字——"终生布衣"。

布衣和官员交游，固然是一段佳话，他们可以在文学层面心灵互通，却永远无法彼此体会对方的社会处境。比起仕途沉浮的辛弃疾，连沉浮机会都没有的刘过，内心一直都是自傲又自卑的。

他有的时候会高喊"人世间，算谪仙去后，谁是天才"（《沁园春》），有时候又会叹息"笑书生无用，富贵拙身谋"（《六州歌头》）。

他可以用近乎天真的口吻，把时局想象得很乐观："今日楼台鼎鼐，明年带砺山河。大家齐唱大风歌，不日四方来贺"（《西江月》），但到底"男儿事业无凭据"（《贺新郎》）。

在南宋中后期，像他这样浪迹江湖的"游士"其实很多，仅在词坛上，后来的姜夔和吴文英都是类似的情况。

人的悲欢或许有所相似，结局却不尽相同。比起姜夔的清雅和吴文英的精致，刘过的词可以说是有点"糙"。不过，刘熙载在《艺概》当中有所评述："狂逸之中，自饶俊致，虽沉着不及稼轩，足以自成一家。"

对于一个文人来说，"自成一家"是很高的评价。这代表着他成为一个独立的符号，有资格在文学的浩瀚星空中，拥有属于自己的坐标。

就像刘过虽然刻意模仿辛弃疾，但他最好的一首词，并没有辛弃疾的影子：

> 芦叶满汀洲，寒沙带浅流。二十年、重过南楼。柳下系船犹未稳，能几日，又中秋。　黄鹤断矶头，故人今在否？旧江山浑是新愁。欲买桂花同载酒，终不似，少年游。
>
> ——刘过《唐多令》

和浪迹江湖、苦苦挣扎的刘过不同，刘克庄开局就拿到一手好牌。他的祖父、父亲都是进士出身，书香门第，也是累宦世家，除了家

插篙著渚繫艣艎
三更月上當篙頂者
漁郎醉喚不醒起未
霜印簑衣影
唐寅畫

明｜唐寅｜苇渚醉渔图｜大都会艺术博物馆藏

学渊源之外，他还师从著名理学家真德秀，写得一手好文章，在国子监里名列前茅，二十二岁的时候就得到了荫补的官职。

刘克庄补官的那一年，是嘉定二年（1209），刘过和辛弃疾已在前几年相继离去，而陆游也在次年写下了"死去元知万事空"（《示儿》）。

辛派的前辈纷纷离去了，刘克庄这位后劲力量却刚刚准备大显身手。

"男儿西北有神州，莫滴水西桥畔泪"（《玉楼春·戏呈林节推乡兄》），在刘克庄的时代，昔日的敌人金国已经走向末路，但蒙古的铁骑正向南而来，在这"国脉微如缕"（《贺新郎·实之三和有忧边之语走笔答之》）的境地里，他根本没有心思像姜派词人一样吟风弄月，发出的呼喊已经有些嘶哑，好像下一秒就咯出血来。

他无数次地"北望神州路"（《贺新郎·送陈真州子华》），无数次"叹几处、城危如卵"（《贺新郎·杜子昕凯歌》），最后却只能把一切都变成无望的梦境：

> 何处相逢，登宝钗楼，访铜雀台。唤厨人斫就，东溟鲸脍，圉人呈罢，西极龙媒。天下英雄，使君与操，余子谁堪共酒杯。车千辆，载燕南赵北，剑客奇才。　　饮酣画鼓如雷。谁信被晨鸡轻唤回。叹年光过尽，功名未立，书生老去，机会方来。使李将军，遇高皇帝，万户侯何足道哉。披衣起，但凄凉感旧，慷慨生哀。
>
> ——刘克庄《沁园春·梦孚若》

这真的是宋词历史上最好的一场梦。

他梦见了早逝的朋友方信孺（字孚若），他们一起"登宝钗楼，访铜雀台"，吃着鲸鱼做的生鱼片，骑着西域来的天马，他们像"青梅煮酒论英雄"一样议论着天下人物，希望能从"古称多感慨悲歌之士"（韩愈《送董邵南游河北序》）的燕赵之地迎接那些"剑客奇才"，共同收复失地。

这当然是妄想了，这么多年，从北方归来的人物，最有名的就是辛弃疾，可他落得个什么下场？一个"归正人"的蔑称就能把人困死！

所以，这只能是一场梦。

梦在最快乐的时候醒了，梦里有多美好，现实就有多惨淡。他年龄不小了，却一直在官场上起起落落，可谓寸功未立。难道真的要到老了才能有机会建功立业吗？他想起汉文帝对"飞将军"李广说的话，"惜乎，子不遇时！如令子当高帝时，万户侯岂足道哉"（《史记·李将军列传》），深深地叹了口气。

他什么都没有，没有好的君主，没有良性的政治环境，也没有李广那一身本领，就连好朋友，都早早地离开了。

他能怎么办呢？只能用笔记录下这一切了。

生不逢时的感慨，对国运军情的关心，对建功立业的渴望，让刘克庄的词充满了纵横跌宕的气概，可他有时候写得太奔放，难免就会像刘过一样，得到一个"失于粗疏"的评价。

咸淳五年（1269），南宋灭亡的倒数第十年，刘克庄过世。他活了八十二岁，在宦海沉浮半个多世纪，有过短暂的风光，也有过长久的沉寂；曾经仗义执言、针砭时弊，也曾经阿谀权贵、为人所讥。

时人对他的评价是"言诗者宗焉，言文者宗焉，言四六者宗焉"（林希逸《后村先生刘公行状》），后人说他"有悲壮的感情，高尚的见解，伟大的才气"（胡适《白话文学史》）……

在苍凉的南宋词坛，人们固然需要辛弃疾"倚天万里须长剑"（《水龙吟·过南剑双溪楼》）的嘶吼，需要姜夔"二十四桥仍在"（《扬州慢》）的追忆，需要吴文英"离人心上秋"（《唐多令》）的哀婉……

但在某些时候，也需要刘过"斗酒彘肩，风雨渡江，岂不快哉"这样的脑洞和"欲买桂花同载酒，终不似、少年游"的那一点明悟，如果一切都来不及了，那就像刘克庄一样，做一场"车千辆，载燕南赵北，剑客奇才"的好梦吧！

至于辛派的最后一位刘姓词人刘辰翁，他生得太晚，又是另外一种境遇，只能稍后再见。

姜夔

一个"有谱"的词人

词是演唱的文学形式，可是因为当时的演唱大都是口耳相授，曲谱很难保留下来，所以我们今天所听到的宋词演唱，无论是邓丽君的《月满西楼》，还是王菲的《但愿人长久》，都不是原始的版本。

唯一能查阅的宋代词乐文献，名叫《白石道人歌曲》，听起来就有一股仙风道骨的味道。这本书里有十七首词，使用传统的"工尺谱"标注曲调，可以让现代人还原出原汁原味的宋词乐曲，可以说是非常珍贵的资料了。

那么，这是哪位神仙作者留下的呢？

与"白石道人"这个自号的简约不同，作者本人的原名"姜夔"，笔画超多，放在今天一定是那种被小学生吐槽的"试卷上写不完的名字"。

也不知道是不是因为真的在考试时没写完名字，反正姜夔在科举上真是屡战屡败，最后终生布衣。

除了考试不在行，姜夔可以说是全才，他的诗、词、散文都不错，还精通书法和音乐，这种在数个领域"多栖"的本事，可以和苏轼相提并论。

宋朝是一个可以靠才华出头的时代，所以尽管姜夔一辈子没当官，但他的朋友圈里都是当世名流——辛弃疾、杨万里、范成大、朱熹、萧德藻……

从《白石道人歌曲》我们就可以看出来，姜夔最大的本事其实不是填词，而是"自度曲"。像柳永、周邦彦等人也会自己创造新的词牌，但他们大都是先写了曲子，再填词，而姜夔是先写词，再配曲，这就有点像现代流行歌曲的创作方式了。

毫无疑问，先词后曲的创作方式，给了姜夔更高的自由度，所以他的自度词，即使只读文字，也会令人体会到非常强烈的节奏感。

比如他在二十多岁时写下的这首词：

> 淮左名都，竹西佳处，解鞍少驻初程。过春风十里，尽荠麦青青。自胡马窥江去后，废池乔木，犹厌言兵。渐黄昏，清角吹寒，都在空城。　杜郎俊赏，算而今、重到须惊。纵豆蔻词工，青楼梦好，难赋深情。二十四桥仍在，波心荡、冷月无声。念桥边红药，年年知为谁生。
>
> ——姜夔《扬州慢》

如果说柳永的《望海潮》是杭州的风景名片，那么姜夔的《扬州慢》就是扬州的一曲挽歌。从"东南形胜，三吴都会"到"淮左名都，竹西佳处"，是模仿，是传承，也是时间和空间上的穿越。但柳永的杭州正是好时候，而姜夔的扬州，已经是一座凄凉的空城——即使是风流潇洒的杜牧，来到这里，怕也认不出"春风十里扬州路"（杜牧《赠别二首·其一》）的旧时模样了吧！

姜夔很喜欢杜牧。

他们都是才高多情之人，这辈子过得不太如意，只能通过文学作品来抒发自己的满腹牢骚。所以姜夔想起自己的年少时代，会叹息一声道："十里扬州，三生杜牧"（《琵琶仙》），"东风历历红楼下，谁识三生杜牧之"（《鹧鸪天》）。他在很多词里都化用了杜牧的句子，好像这样，能让自己的心灵与杜牧贴得更近些。

这首《扬州慢》前还有一段小序："淳熙丙申至日，予过维扬。夜雪初霁，荠麦弥望。入其城，则四顾萧条，寒水自碧，暮色渐起，戍角悲吟。予怀怆然，感慨今昔，因自度此曲。千岩老人（萧德藻，自号千岩老人）以为有黍离之悲也。"

姜夔写小序很有一手，不仅交代时间地点和创作背景，还会把词中盛不下的描写放在小序里，使之变成一段悠扬舒缓的前奏。单看他的这些小序，就是一首首精致的散文诗了。

"淳熙丙申"指的是宋孝宗淳熙三年（1176），宋孝宗的时代也是南宋词人"小宇宙"爆发时期，张孝祥、辛弃疾、陆游、陈亮……一个个耀眼的名字如明星般次第升起，而姜夔也用这首《扬州慢》发出了响亮的应和。

当然，在后世人看来，姜夔身上最显著的标签并不是"自度曲"，而是"谈恋爱"。

姜夔的这场恋爱，似乎谈了一辈子。

少年时期在合肥的一场邂逅，让他这辈子都走不出来，于是把这深沉的相思掰开了揉碎了，化成文字，化成音符：

"为大乔、能拨春风，小乔妙移筝，雁啼秋水。"（《解连环》）

"淮南好，甚时重到。陌上生春草。"（《点绛唇》）

"鸳鸯独宿何曾惯，化作西楼一缕云。"（《鹧鸪天·己酉之秋苕溪记所见》）

其实我们并不知道他在合肥爱上了谁，爱上了一个还是两个。我们只能从这些流动着愁绪的文字当中，窥见一个哀丽的剪影。

如果说宋词的普遍色调是清新明丽的"马卡龙色"，那么姜夔词的颜色就是带着一层神秘灰度的"莫兰迪色"——冷香、寒碧、暗雨、愁烟……看起来有点冷淡，却美得让人无法挪开眼睛，就像这两首凄美的小令，绝对是前人没有触及的境界：

> 燕燕轻盈，莺莺娇软。分明又向华胥见。夜长争得薄情知，春初早被相思染。　　别后书辞，别时针线。离魂暗逐郎行远。淮南皓月冷千山，冥冥归去无人管。
>
> ——姜夔《踏莎行·自沔东来，丁未元日至金陵，江上感梦而作》

> 肥水东流无尽期。当初不合种相思。梦中未比丹青见，暗

里忽惊山鸟啼。　春未绿，鬓先丝。人间别久不成悲。谁教岁岁红莲夜，两处沉吟各自知。

——姜夔《鹧鸪天·元夕有所梦》

"淮南皓月冷千山""人间别久不成悲"，把这几个字含在口中，就好像含了一口冰茶，冻得牙齿发颤，却又在冷到极致的时候，品出一丝淡淡的回甘。

姜夔好像把这辈子的爱恋都交给了淮南的少年时光，后来他当了丈夫和父亲，会在热闹的灯会里让女儿骑在肩膀上（"只有乘肩小女随"），却依旧惦记着"少年情事老来悲"，在"看了游人缓缓归"（《鹧鸪天·正月十一日观灯》）之后，回到家中，陷入一场悠长的梦境，在梦里，有他求而不得的一切。

有人说，姜夔笔下的宋词是那至美至毒的情花，这情花却是以梅花的面貌出现的。他深深注视着那一树红梅：

"人间离别易多时。见梅枝，忽相思。几度小窗，幽梦手同携。"（《江梅引》）

"春点疏梅雨后枝，剪灯心事峭寒时。"（《浣溪沙》）

"慵对客，缓开门。梅花闲伴老来身。"（《鹧鸪天·丁巳元日》）

宋人多爱梅，咏梅诗词很常见，但在姜夔这里，梅花的意象层次又比旁人丰富了几分——梅是他的爱人，是他的情怀，也是他自己。

绍熙二年（1191），姜夔冒雪去石湖别墅拜访范成大，在别墅逗留期间，他笔下诞生了宋词史上最著名的两首咏梅词，而且都是"自度曲"，两个词牌相互辉映，宛如双生，用林逋咏梅的名句"疏影横斜水清浅，暗香浮动月黄昏"（《山园小梅》）命名为《暗香》《疏影》：

旧时月色，算几番照我，梅边吹笛。唤起玉人，不管清寒与攀摘。何逊而今渐老，都忘却、春风词笔。但怪得、竹外疏花，香冷入瑶席。　　江国，正寂寂。叹寄与路遥，夜雪初积。翠尊易泣，红萼无言耿想忆。长记曾携手处，千树压、西湖寒碧。又片片、吹尽也，几时见得。

——姜夔《暗香》

苔枝缀玉，有翠禽小小，枝上同宿。客里相逢，篱角黄昏，无言自倚修竹。照君不惯胡沙远，但暗忆、江南江北。想佩环、月夜归来，化作此花幽独。　　犹记深宫旧事，那人正睡里，飞近蛾绿。莫似春风，不管盈盈，早与安排金屋。还教一片随波去，又却怨、玉龙哀曲。等恁时、重觅幽香，已入小窗横幅。

——姜夔《疏影》

咏物诗词，本就难出精品，而历代文人咏过的梅花不知凡几，想要脱颖而出，并不容易。可是姜夔的这两首词得到了范成大的激赏。

不仅因为音节谐婉，用词精工，更因为这其中的一腔深情，是别处难以寻觅的。深情也是一种天赋，旁人再学不来——就像大家都对着竹

元 ｜ **佚名** ｜ **梅花仕女图** ｜ 台北故宫博物院藏

子思考，可这千百年来也就出了一个王阳明。

姜夔拜访石湖别墅，是一个人去的，回来的时候却是两个人。

他带着范成大家的歌女小红，就是那个"自作新词韵最娇，小红低唱我吹箫"（《过垂虹》）的小红。

文人与歌女之间是很容易产生爱意的，这种琴曲相谐的默契，很容易给人高山流水遇知音的错觉。那么姜夔爱小红吗？也许他欣赏她的歌喉，也许会在她身上寻找昔年恋人的影子。但他可以光明正大地把小红的名字写进诗篇，却绝不教人知道合肥女子的芳名，只用大乔小乔、燕燕莺莺代替。而从《过垂虹》看来，他与小红的相处模式好像也只是音乐上的搭档。而且，后来小红在姜夔死前就嫁人了："赖是小红渠已嫁，不然啼碎马塍花。"（苏泂《到马塍哭尧章四首·其二》）

姜夔应该还念着他的大乔小乔、燕燕莺莺吧？

也许，《暗香》《疏影》这一对双生的词牌，就是为那两个合肥女子所作？谁又知道呢！

嘉泰四年（1204），临安大火，姜夔的住宅在火中被毁，这是张俊的曾孙张鉴送给他的房子，给了漂泊无定的他一个温馨的栖身之所，"因觅孤山林处士，来踏梅根残雪。獠女供花，伧儿行酒，卧看青门辙"（《念奴娇·宅毁后作》），可是现在，他又一无所有了。

姜夔短暂一生的最后几年，就在这一无所有当中度过。

开禧二年（1206），刘过去世；开禧三年（1207），辛弃疾去世；嘉定三年（1210），陆游去世……宋词的花园里，又一批奇葩异卉集体凋零了。姜夔大概也是在这段时间离开的，但他终生布衣，正史无传，我们只能根据相关记载大致推断是在嘉定二年（1209）去世的，而他的"接班人"吴文英大概生于开禧三年（1207）。

姜夔去世的时候，家中甚至贫瘠得无钱安葬，后来还是仗义的友人出面帮忙，即使是这样，葬仪也十分简薄："除却乐书谁殉葬，一琴一砚一兰亭。"（苏泂《到马塍哭尧章四首·其二》）

他这辈子爱乐曲、爱文字，死去之后的陪葬品也就只有古琴、砚台、乐谱和字帖，简单到像是一片雪花落进了西湖，激不起任何涟漪，又像张炎给他词作的评论那样"野云孤飞，去留无迹"（《词源》）。

马塍是姜夔晚年的临时居所，这里曾是吴越王的养马之处，到了南宋就变成了种花赏花的风雅之地，他在窗纸上写满了乐章，日子过得清苦，但有滋有味。

与姜夔这样一个天才相交，是非常有趣的事情。他是骚雅之人，心里又一辈子都住着个青葱少年，虽然一生都是布衣，却有着独特的人格魅力。所以友人苏泂想起他的时候会深情呼唤："长安岂是无相识，除却西湖但忆君。"（《忆尧章》）

后人认为，姜夔是南宋词坛两大高峰中的一座，与辛弃疾并肩："白石才子之词，稼轩豪杰之词，才子、豪杰，各从其类爱之，强论得失，皆偏辞也。"（刘熙载《艺概》）

而姜夔不知道这件事，也许知道了也不在乎——半生词曲，半生相思，他的这辈子的确不长，但很宽。

吴文英

词家李商隐

如果把宋朝那些有代表性的词人比作导演，那么柳永拍的大部分是贺岁片，简单热闹，大家都爱看；晏殊、秦观拍的是爱情片，满满的都是少女心；辛弃疾专门拍大制作的武侠片，烧钱但票房高；周邦彦和姜夔拍音乐片，小众又专业；苏轼题材涉猎广泛，风格大气，往往叫好又叫座；而到了吴文英这里……

他拍的是文艺片。

观众对吴导的观感主要有两种：其一，好美，但看不懂；其二，看困了，我先睡会儿。

吴文英的词，总让人想起李商隐的《无题》系列，或者乔伊斯的"意识流"小说，每一句都很美，但合在一起，并不知道他想要表达什么。

和姜夔一样，吴文英也是终生布衣，正史无传，而且他又不像姜夔一样喜欢在词前写小序来交代创作背景，朋友圈的知名度也比姜夔低了一个层次，所以想要从他的作品和人际关系推定生卒年都是一件困难的事情，更不用说生平大事了。

我们了解一个文学家，经常会从他的作品扩展到他的人生，再从人生反推作品，两者互相参照，更有利于解读作品内涵。而吴文英这个人的面貌对我们来说完全是模糊的，根本没法从他的生平反推作品，这也是他的词作难以解读之重要原因。

"词家之有文英，亦如诗家之有商隐"，"诗家总爱西昆好，独恨无人作郑笺"（元好问《论诗三十首·其十二》），李商隐的一些诗歌，就是藏着谜题的，千百年来众说纷纭，莫衷一是。

另一个重要原因，可能是我们现在所说的"太长不看"。

南宋词人们都爱写长调，吴文英是个中翘楚，他的自度曲长达二百四十字，分四片，是词史上的字数"冠军"：

残寒正欺病酒，掩沉香绣户。燕来晚、飞入西城，似说春事迟暮。画船载、清明过却，晴烟冉冉吴宫树。念羁情、游荡随风，化为轻絮。　　十载西湖，傍柳系马，趁娇尘软雾。溷红渐、招入仙溪，锦儿偷寄幽素，倚银屏、春宽梦窄，断红湿、歌纨金缕。暝堤空，轻把斜阳，总还鸥鹭。　　幽兰旋老，杜若还生，水乡尚寄旅。别后访、六桥无信，事往花委，瘗玉埋香，几番风雨。长波妒盼，遥山羞黛，渔灯分影春江宿。记当时、短楫桃根渡，青楼仿佛，临分败壁题诗，泪墨惨淡尘土。　　危亭望极，草色天涯，叹鬓侵半苎。暗点检、离痕欢唾，尚染

鲛绡，翠凤迷归，破鸾慵舞。殷勤待写，书中长恨，蓝霞辽海
沉过雁。漫相思、弹入哀筝柱。伤心千里江南，怨曲重招，断
魂在否？

——吴文英《莺啼序》

是不是看到这么长的一串文字，就觉得头晕眼花？是不是即使硬着
头皮看完，也只能一头雾水地赞一句"好美"？

其实这首词写的是对亡故恋人的思念，把当年的情和眼前的景结合
在一起，反复穿插，就像一部精美的混剪视频，大概能理解感情基调，
也欣赏那精致的画面，却很难像解读其他宋词那样，说出个所以然来。

我们背诵诗词，总会觉得有一些朗朗上口，有一些死活记不住，
还有一些容易"串频"，而吴文英的这首《莺啼序》就属于"死活记
不住"外加"串频"的类型，不仅因为长，更因为他的思维太跳跃了，
每一句之间的联系都很令人费解，所以就算记住了，也很容易记得颠
三倒四。

难怪张炎要批评他"如七宝楼台，眩人眼目，碎拆下来，不成片
段"（《词源》）。

而这么长的词牌，吴文英填过三首，加在一起，四舍五入，一篇高
考作文。

也幸亏高考不考这首词！不然怕是要让无数考生把"吴文英"这个
名字恨得牙痒痒吧！

有时候会觉得，诗人眼中的世界，是不是真的跟普通人不一样。

但别人的眼界再特殊，也大都是能想象到的。

而吴文英的大脑不知道是不是比别人多几道沟回，有时候我们真的不知道他到底在想什么。比如，你能猜出这首《思佳客》是在写什么吗？

> 钗燕拢云睡起时，隔墙折得杏花枝。青春半面妆如画，细雨三更花又飞。　　轻爱别，旧相知。断肠青冢几斜晖。断红一任风吹起，结习空时不点衣。

乍一看好像是写一个女孩子，画了"半面妆"，再仔细一看，有"青冢"的字样，那她应该是过世了吧？词人面对着她的坟墓，想象着她旧日的模样，飞花落了满身……

对，这一定是一首悼亡词！

确定不改了吗？好的，现在揭晓答案：

这首《思佳客》的词题叫：赋半面女髑髅。

写的不是坟墓，而是骷髅，还是半个。

这就很惊悚了！

虽然诗词里也经常会提到"红颜枯骨"之类的意象，可是好像还真的没有谁为骷髅写诗填词呀！

再往前推一千多年，庄子倒是有一段与骷髅的著名问答，讲的是生之苦与死之乐；再往后几百年，且往西几万里，哈姆雷特也在和骷髅说"生存和死亡"的问题。

但那是经典和戏剧，是哲学和艺术，而宋词和骷髅，真是怎么想都不搭界呀！

偏偏吴文英就是写了，他凭借超强的脑洞和神奇的笔力，把半面枯骨幻化成了青春少女的模样，想象她睡醒的样子，折花的身姿，给死亡披上了一层美好的外衣，令人不得不叹一句：服了！

虽然这首《思佳客》不能算真正意义上的悼亡词，不过吴文英写悼亡，还真有名作，而且很难得的是看得懂：

> 听风听雨过清明，愁草瘗花铭。楼前绿暗分携路，一丝柳、一寸柔情。料峭春寒中酒，交加晓梦啼莺。　　西园日日扫林亭，依旧赏新晴。黄蜂频扑秋千索，有当时、纤手香凝。惆怅双鸳不到，幽阶一夜苔生。
>
> ——吴文英《风入松》

多情近似无情，似乎不好再冠上"痴"字，吴文英也并非从一而终的痴情人，他的生命中，不只出现了一个女子。但不管怎样，他是爱过的。文人的爱与别人不同，若是未能随着岁月消磨，而是在最浓烈之时戛然而止，那便会催生出诗词中最凄美的一个类别——悼亡。

清明时节，风雨交加，他又想起了那个逝去的人儿。在酒意和梦境当中，他的思念就像台阶上的青苔，慢慢生长着。那秋千索上，有蜜蜂围绕着飞舞，是她留下的香气在吸引着蜜蜂吗？他好像已经产生幻觉了，分不清到底什么才是现实，只有黄莺的啼叫才能让他稍微清醒……

金昌绪说："打起黄莺儿，莫教枝上啼。啼时惊妾梦，不得到辽西。"（《春怨》）苏轼说："梦随风万里，寻郎去处，又还被莺呼起。"（《水龙吟·次韵章质夫杨花词》）这都是女子思念情郎不成，怨怼黄莺的作品。而吴文英反过来用作男儿怀念爱姬之词，不能说独出心裁，但一片深情可想而知。

在《莺啼序》中，他也写道："伤心千里江南，怨曲重招，断魂在否？"不知《莺啼序》这个名字，是否与梦见亡姬有关呢？

吴文英这辈子存词三百四十首，剔除那些社交性质的、实在看不懂的、平平无奇的作品之外，精品并不算多。

虽然《宋词三百首》的编者上彊村民（朱孝臧）似乎是他的"铁粉"，一口气选了二十五首他的作品，占十二分之一，居全书之冠，但总体来看，吴文英的词路和姜夔相似，成就也要比姜夔弱上一些。如果要说比较中肯的评价，那就是"以绵丽为尚，运意深远，用笔幽邃，炼字炼句，迥不及人"（戈载《宋七家词选》）。

他以工匠的精神作词，可以夸一句"匠心"，但终究，差了一点灵气。

在小众范围内还算知名，但是一直出不了圈的吴文英，最后还是靠着这首词，让更多的人记住了他：

> 何处合成愁，离人心上秋。纵芭蕉、不雨也飕飕。都道晚凉天气好，有明月、怕登楼。　年事梦中休，花空烟水流。燕辞归、客尚淹留。垂柳不萦裙带住。漫长是、系行舟。
>
> ——《唐多令》

"何处合成愁，离人心上秋"，这首词最出名的就是这两句利用了"拆字梗"的句子。古代的评论家对这首词褒贬不一，褒奖的比如张炎，他一贯看不起吴文英的作品，却赞"此词疏快"（《词源》）；贬低的多半是看不起头两句，觉得"油腔滑调"（陈廷焯《白雨斋词话》），"滑稽之隽"（王士祯《花草蒙拾》）。

但流传数百年之后，在今天，人们却很喜欢这两句词，说是"古风金句"也不为过，江湖地位跟"愿有岁月可回首""待我长发及腰"之类的句子看齐。

很多人都觉得，所谓的"古风圈"是无病呻吟，是浮于表面的喜欢。

但也许正是这些"浮于表面"的喜欢，让一些真正的美好，得以流传。

"垂柳不萦裙带住。漫长是、系行舟"，他们就这样分开，即使是长长的垂柳，也再挽留不住。

人生当中固然有很多留不住的东西，比如岁月，比如爱情，比如功名利禄，但到了吴文英的时代，所有人都想留住却又留不住的，是大宋王朝的命脉，还有宋词的余音。

吴文英大概逝于咸淳五年（1269），这个时候南戏已经开始盛行，关汉卿们已经次第登场，张养浩、张可久、乔吉等人也即将出生。

属于宋词的时代即将结束了。

还有最后一点尾韵，等着"遗民词人"的奏响。

△ 南宋 \ **马远** \ **舟人形图** \ 日本东京国立博物馆藏

遗民词人

最后的宋词

祥兴元年（1278），南宋灭亡前夕。

文天祥在潮阳的"双忠庙"中久久伫立。

状元出身的他，平时写诗多一些，很少作词，但他觉得此时此刻应该可以用一首壮词，来表达自己的心潮澎湃：

> 为子死孝，为臣死忠，死又何妨。自光岳气分，士无全节，君臣义缺，谁负刚肠。骂贼张巡，爱君许远，留得声名万古香。后来者，无二公之节，百炼之钢。　　人生翕歘云亡。好烈烈轰轰做一场。使当时卖国，甘心降虏，受人唾骂，安得留芳。古庙幽沉，仪容俨雅，枯木寒鸦几夕阳。邮亭下，有奸雄过此，仔细思量。
>
> ——文天祥《沁园春·题潮阳张许二公庙》

元／罗稚川／古木寒鸦图／美国大都会艺术博物馆藏

死又何妨？死又无妨！

已经到了最后的时刻，也不过就是"好轰轰烈烈做一场"吧！

他想像在安史之乱中死守睢阳的张巡和许远一样"留得声名万古香"，但此时此刻，似乎也只能骂两句"有奸雄过此，仔细思量"了。

文天祥留给我们的最强音固然是"人生自古谁无死，留取丹心照汗青"（《过零丁洋》）和"时穷节乃见，一一垂丹青"（《正气歌》），但在他为数不多的词作里，我们也能看到这种不屈的襟怀。

"铜雀春情，金人秋泪，此恨凭谁雪"（《酹江月·驿中言别友人》），"镜里朱颜都变尽，只有丹心难灭"（《酹江月·和友〈驿中言别〉》）……

文天祥的词，就像一枚重重的休止符，在宋朝命运终结的时候，给宋词史留下了一个即将收尾的信号。

那么，宋词到文天祥这里就完结了吗？

不，还没有。

我们已经知道，在宋朝建立最初的那几十年里，宋词这种文体还不够流行，好像是为了补足这些年的遗憾吧，在南宋灭亡之后，还有几十年时间，可以让遗民用嘶哑的调子，吟唱出最后的宋词。

苏轼曾在《陌上花》里写了"遗民几度垂垂老，游女长歌缓缓归"，那是吴越国遗民在宋土上的残念。

而大宋的遗民，也在这陌上花影里，游女长歌中，垂垂老去。

"彼黍离离，彼稷之苗"（《诗经·王风·黍离》），此时的词人，再也无力回天，除了对故国繁华的追忆，也就只剩下这抒发亡国之恨的"黍离之悲"了。

同样是前半生安逸，后半生凄苦，"遗民词人"和"南渡词人"的境遇有一点相似，却又有着很大的差异。南渡之后尚且剩下半壁江山，现在，老天爷连这点残山剩水都要收回去了。

所以刘辰翁想起李清照的《永遇乐》时，是无奈的，也是羡慕的。李清照在绍兴年间还能"来相召，香车宝马，谢他酒朋诗侣"，而刘辰翁还剩下什么了呢？

> 璧月初晴，黛云远淡，春事谁主。禁苑娇寒，湖堤倦暖，前度遽如许。香尘暗陌，华灯明昼，长是懒携手去。谁知道，断烟禁夜，满城似愁风雨。　　宣和旧日，临安南渡，芳景犹自如故。缃帙流离，风鬟三五，能赋词最苦。江南无路，鄜州今夜，此苦又谁知否。空相对，残红无寐，满村社鼓。
>
> ——刘辰翁《永遇乐》

刘辰翁在这首词的小序里写道，"虽辞情不及，而悲苦过之"，他觉得自己写得不如李清照，但若把两首词放在一起拧一拧，他这首拧出的苦汁子一定要比李清照那首多一点。

毕竟，他已经什么都没有了。如果单看这首词，可能无法想象，这位追忆着婉约派骨干的词人，其实是豪放派的最后传人。

确切地说，刘辰翁是最后继承了辛弃疾词风的人。

可是，已经没有一寸山水，能让他施展"渡江天马南来，几人真是经纶手"（辛弃疾《水龙吟·甲辰岁寿韩南涧尚书》）的抱负，他只能长叹一声，"谁不愿，封侯万户""啼尽血，向谁诉"（《金缕曲·闻杜鹃》）。

据说，杜鹃的叫声是亡国之君的哀思。

就在刘辰翁于杜鹃声中肝肠寸断的时候，蒋捷正在听雨。

这雨，已经下了他的一辈子。

少年时代的雨，是南宋最后的安逸与梦幻，是美人的皓齿清歌，是罗帐内的温柔缱绻，外边的兵荒马乱与他无关，他只想在这温柔乡里耗尽人生中最美好的一段时光：

> 一片春愁待酒浇。江上舟摇，楼上帘招。秋娘渡与泰娘桥。风又飘飘，雨又萧萧。　　何日归家洗客袍。银字笙调，心字香烧。流光容易把人抛。红了樱桃，绿了芭蕉。
>
> ——蒋捷《一剪梅·舟过吴江》

蒋捷是咸淳十年（1274）的进士，这也是宋朝的最后一次科举。

那时他因为这句"红了樱桃，绿了芭蕉"而被称为"樱桃进士"，何等风流旖旎，而当真到了"流光容易把人抛"的时候，他又能做什么呢？

> 深阁帘垂绣。记家人、软语灯边，笑涡红透。万叠城头哀怨角，吹落霜花满袖。影厮伴、东奔西走。望断乡关知何处，

羡寒鸦、到著黄昏后。一点点，归杨柳。　　相看只有山如旧。叹浮云、本是无心，也成苍狗。明日枯荷包冷饭，又过前头小阜。趁未发、且尝村酒。醉探枵囊毛锥在，问邻翁、要写牛经否。翁不应，但摇手。

——蒋捷《贺新郎·兵后寓吴》

他想起少年时候的幸福生活，想起临安陷落后东奔西走的狼狈生活。乌鸦黄昏后还有一株柳树可以栖身，他呢？他能去哪里？

"红烛昏罗帐"的时光，早就被那"万叠城头哀怨角"吹得粉碎了，他现在只能用枯荷叶包上一点儿残羹剩饭，再想办法打上一杯寡淡的村酒。身无长物，也就剩下昔日的一支生花妙笔，可是这点染过樱桃的笔，这写过进士文章的笔，现在连写本养牛教程都被人嫌弃。

所以当他登上那一叶孤舟，像秋风中的大雁一样飘零在天地之间，他所能听到的雨，是愤懑的，是悲苦的。

再后来，他年纪大了，依旧居无定所，再来听这雨，就只剩下一点一滴的凄冷。

他把这一辈子听到的雨声编织在一起，就成了宋词历史的最佳写照：

少年听雨歌楼上，红烛昏罗帐。壮年听雨客舟中，江阔云低、断雁叫西风。　　而今听雨僧庐下，鬓已星星也。悲欢离合总无情，一任阶前、点滴到天明。

——蒋捷《虞美人》

在蒋捷的雨声中，宋词的故事似乎终于要结束了。

这个时候，酒楼上唱的是北曲，是南戏，是更加热闹的、带着情节的杂剧。

宋词，与其生长的这片江山，一起老了。

有人叹了口气，说：那我来写一本书，让大家知道，"词"这种文体到底该怎么写吧！他把毕生的研究，从音律到句法，都写进了这本薄薄的书里，取名叫《词源》。

这个人名叫张炎，从某种意义上来说，他在后世不如他祖爷爷张俊有名，因为张俊不仅是和岳飞齐名的"中兴四将"之一，也是参与迫害了岳飞的人，塑像从明朝开始就一直跪在岳王墓前。

抛开这些祖辈的恩怨不谈，由于张俊的余荫，张家算是钟鸣鼎食之家，张炎在三十岁之前，一直是个衣食无忧的贵公子。"词"对他来说是一种消遣，也是社交的必要手段，是"回首池塘青欲遍，绝似梦中芳草"（《南浦·春水》）的小情调。

国破家亡之后，他怅然行走在西湖边上，同样是春天的景色，在他眼中却已经变成了"更凄然，万绿西泠，一抹荒烟"（《高阳台·西湖春感》）。

受时代风气的影响，张炎的咏物词写得极好，他和周密、王沂孙等人结成词社，互相唱和，后来结成了一本咏物词专集《乐府补题》。

人们后来说，"北宋有无谓之词以应歌，南宋有无谓之词以应社"（周济《介存斋论词杂著》），就是认为这个时代的集体创作大部分都是"无谓"的，有数量没有质量。

可是张炎写得最好的一首词，还是咏物词：

> 楚江空晚。怅离群万里，恍然惊散。自顾影、欲下寒塘，正沙净草枯，水平天远。写不成书，只寄得、相思一点。料因循误了，残毡拥雪，故人心眼。谁怜旅愁荏苒。谩长门夜悄，锦筝弹怨。想伴侣、犹宿芦花，也曾念春前，去程应转。暮雨相呼，怕蓦地、玉关重见。未羞他、双燕归来，画帘半卷。
>
> ——张炎《解连环·孤雁》

春去秋来，他的大宋没了。

他就像一只离群的大雁，不知道该飞向何方，他不停地悲鸣，找不到来路，也看不到归途。

大雁原本是诗词中常见的歌咏对象，在元好问的《摸鱼儿·雁丘词》里，那一对生死相随的雁侣历来为人们所称道，而张炎这里只有一只孤零零的雁影，好不凄凉。

"写不成书，只寄得、相思一点"，一群大雁可以在天空中书写出"文字"，而一只大雁，只能算是一个墨点，像是随意甩上去的，没人会在意它的深沉相思。

与张炎境遇相似的人们读到这一句，不由得泪流满面。

他们称张炎为"张孤雁"。

孤雁一般的张炎，就用这一点相思，为宋词这首柔丽的长歌，奏响了真正的最后音节。

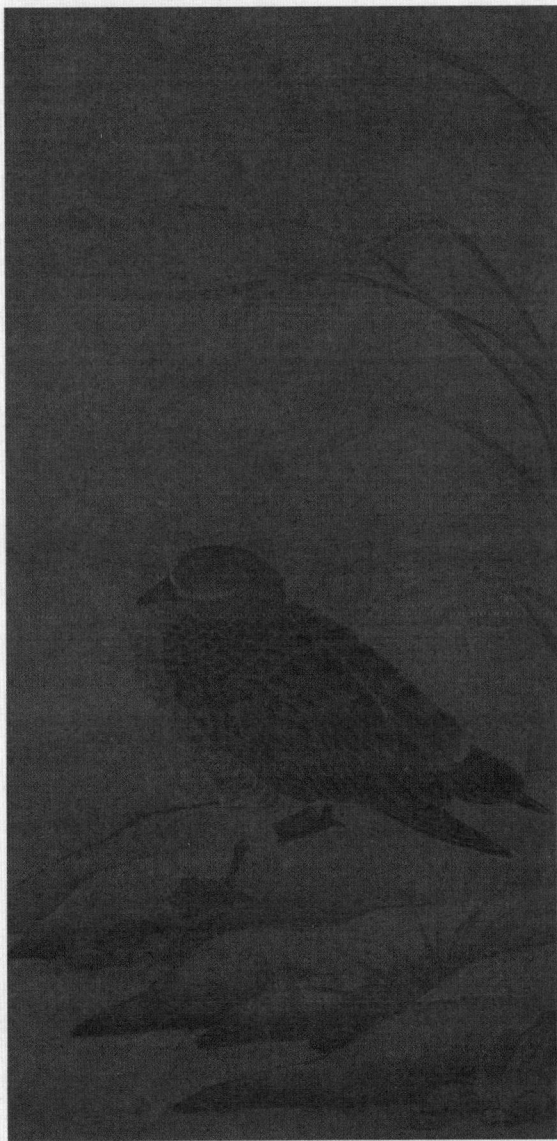

宋｜崔白｜芦汀宿雁轴｜台北故宫博物院藏

历史是一条河，支流众多

总不可能一次便踏过所有的河岸

那些在《宋词极简史》里写不下的

有帝王，有无名氏

有宋土之外的词人

也有历史悄悄埋下

千年之后才得以开启的彩蛋

…………

准备好了吗？

宋词的"番外"来了！

第五章

宋词的『番外卷』

赵孟頫 佶昶

历史是个复读机

"作个词人真绝代，可怜薄命作君王"（郭麟《南唐杂咏》）。自那一江春水向东流去后，世间没了寂寞梧桐深院锁清秋的"违命侯"李后主，却多了一个傲立词坛的李煜。

这位生在凤阁龙楼之中的风流人物，不仅能写善画，精通音律、香道，甚至可以亲自进行"室内设计"，可以说除了当皇帝，他做什么都很顺手。

这样的人物，理应是"独一无二"的吧！

可是偏偏，历史要开这样的玩笑，区区三百年之内，围绕着大宋王朝的兴衰，硬是生出了好几个这种"可怜薄命作君王"的人物来，不得不让人感叹：历史，它可真是个复读机呀！

公元 965 年，是李煜登基的第五个年头，也是大宋立国的第六年，在李煜举杯畅饮的时候，遥远的西南，正有无数百姓夹道哭送他们的国主。

后蜀孟昶，于是年正月降宋，到汴京后不过七日，便过世了，死因一直是个谜。

这位孟昶，从某种意义上来说，是李煜的前辈。他和李煜一样，热爱奢靡的生活，虽然不像李煜那般文采斐然，却也留下了一首让苏轼都忍不住念念不忘、亲手改编的小词。

他曾亲手写下了中国历史上第一副春联：

新年纳余庆，嘉节号长春。

那一年，是后蜀广政二十七年（964），也是孟昶作为蜀后主的第三十个年头。

然而，余庆未久，春亦不长——就在第二年，成都城头高高竖起代表投降的旗帜，后蜀的国主和军队，一齐向宋朝投降。

这一幕，被孟昶后宫的一位女了用诗记录下来，流传至今：

君王城上竖降旗，妾在深宫那得知。

十四万人齐解甲，宁无一个是男儿。

——花蕊夫人《述国亡诗》

花蕊夫人是孟昶最宠爱的女子，孟昶曾经写过这样一首小词，来描述与她相处的愉快时光：

冰肌玉骨清无汗，水殿风来暗香暖。帘开明月独窥人，欹枕钗横云鬓乱。　起来琼户寂无声，时见疏星渡河汉。屈指西风几时来，只恐流年暗中换。

——孟昶《玉楼春·夜起避暑摩诃池上作》

当流年真的暗中偷换之后，一切都不再是当初的模样。

孟昶入宋不过七日，便死于非命，死因成谜，花蕊夫人作为"战利品"，在大宋的后宫中忍辱偷生，不久被卷入政治斗争，香消玉殒。

只有这首《玉楼春》，被世人遗忘数十年后，由一个曾亲耳听过花蕊夫人演唱的老尼姑当作故事，讲给随家人上山拜佛的小男孩听。又过了数十年，当年的小男孩凭借记忆把孟昶的这首作品进行了二次创作。

而那个时候，他已经是天下最有名的词人了：

冰肌玉骨，自清凉无汗。水殿风来暗香满。绣帘开，一点明月窥人，人未寝，欹枕钗横鬓乱。　　起来携素手，庭户无声，时见疏星渡河汉。试问夜如何？夜已三更，金波淡，玉绳低转。但屈指西风几时来，又不道流年暗中偷换。

——苏轼《洞仙歌》

在苏轼心里，"冰肌玉骨"的花蕊夫人不仅仅是一个知名的美人，更是那个富丽而脆弱的时代的象征。

公元 975 年，孟昶死后十年，南唐灭，李煜出降。

他当皇帝大概比孟昶还要失败一点，史书上并没有记载，在他被押解进京时，南唐百姓有没有像后蜀那般，哭着送出百余里。也许当时的

情景，就像所有人都知道的那样："最是仓皇辞庙日，教坊犹奏别离歌，垂泪对宫娥。"（《破阵子》）

除了宫娥，没人陪在他身边。

李煜比孟昶在汴京多活了三年。

却也不知，是幸，是不幸。

幸，自是多了三年衣食无忧的生命；不幸，却是背着灭国之仇、夺妻之恨，在敌人的地盘上苟活。

反过来说，国家不幸，恰是诗家之幸，在这孟昶不曾享有的三年时间里，李煜的词彻底洗去了五代的浮华，沉淀成宋词的清丽前奏。

话说，李煜投降之前，曾经向邻国——吴越国请求援助，却被吴越国君钱弘俶拒绝，钱弘俶甚至派兵帮助宋太祖攻打南唐。

结果呢？唇亡齿寒。

就在李煜死去的这一年，吴越归宋，钱弘俶为了避赵家祖讳，不得不拿掉了名字里的那个"弘"字，改名钱俶。

只是，比起失去了一整个国家的代价而言，改个名字，对他来说已经不算什么了。

和李煜父子都热爱文学一样，钱家也是祖传的文采风流。

钱俶的爷爷钱镠，就是那句"陌上花开，可缓缓归矣"的原作者，而他儿子钱惟演，是西昆体的骨干诗人，对欧阳修、梅尧臣有提拔之恩。

钱俶本人呢？虽然也有不少作品，流传至今的却只有一首诗和一句词。那首诗文采平平，尚且不如孟昶，倒是那句词有点故事。

帝乡烟雨锁春愁，故国山川空泪眼。

据说，这是一句"谶言"，是钱俶冥冥之中预感到了自己的死亡时所写下的。虽然是个残句，却和孟昶所留下的唯一作品出自同一个词牌——玉楼春（《木兰花》）。甚至几十年后，他儿子钱惟演临死之前，也留下了这么一首《玉楼春》，内有"**绿杨芳草几时休，泪眼愁肠先已断**"的不祥语句，仿佛是一种惊人的巧合。

更惊人的巧合已经先一步发生在公元 988 年，那是李煜死后的第十年，钱俶去世。和李煜一样，他也死于自己的生日当夜，死因成谜，大多数人相信，他也是被毒死的。

当然，虽然同为十国君主，也都在文学上有着一定的造诣，但要硬说孟昶和钱俶是第二个、第三个李煜，李煜的粉丝大概要骂他们"越级碰瓷"了。

事实上，孟、钱二位不过是前奏，而最像李煜的那个"影子"，在他死后一百零四年方才出生。

那是公元 1082 年，也就是苏轼写下"**壬戌之秋，七月既望**"（《**赤壁赋**》）的那一年。

他名赵佶，被称为"帝王史上的审美巅峰"，民间传说，他是李煜转世来报仇的。

在那些神乎其神的传说当中，赵佶出生之前，他的父亲曾经在秘书省见过李煜的画像，"**见其人物俨雅，再三叹讶**"，后来又"**梦李主来谒**"（张端义《**贵耳集**》）……说得活灵活现。

单从文学艺术成就来看，赵佶也确实有成为"李煜转世"的资本：

李煜的书法是"金错刀"，赵佶的书法是"瘦金体"；

李煜擅长画竹石，赵佶擅长绘花鸟；

李煜痴迷香道，赵佶通晓茶道；

李煜自己是词人，赵佶会写词，还建立了专门的词乐机构"大晟府"……

最重要的一点，赵佶的词，也是在他失去江山之后，才爆发出了生命力量与艺术力量。

靖康元年（1126），金兵攻破汴京，赵佶匆匆忙忙传位给儿子赵桓。

建炎元年（1127），金兵掳赵佶和赵桓北上，北宋灭亡。

在北行的过程中，养尊处优的赵佶终于意识到，自己成了亡国之君。那个镌刻着他年号的"靖康之耻"，将伴随着他的名字，令人唾骂千年。

春天在冰雪消融中悄悄来了，一树妖娆的杏花，就这样撞进赵佶的泪眼：

> 裁剪冰绡，轻叠数重，淡著胭脂匀注。新样靓妆，艳溢香融，羞杀蕊珠宫女。易得凋零，更多少、无情风雨。愁苦。闲院落凄凉，几番春暮。　　凭寄离恨重重，这双燕，何曾会人言语。天遥地远，万水千山，知他故宫何处。怎不思量，除梦里、有时曾去。无据，和梦也新来不做。
>
> ——赵佶《燕山亭·北行见杏花》

这是《宋词三百首》开篇的第一首词。

自然是因为作者身份，才会有了这个"黄金席位"，但以这首词的沉重背景和精妙内容，倒也当得起这个位置。

赵佶觉得，他的大宋就是那一株杏花，美丽，却容易在风雨中凋零。

他自己，又何尝不是这杏花中的一朵？

"明日天寒地冻，日短夜长，路远马亡"（海子《枫》），越往北走，夜就越漫长，像是那再也醒不过来的北宋王朝。

赵佶也像李煜一样，开始做梦，梦见旧日的繁华。

可是渐渐地，梦也没有了。

他总得面对现实：

> 玉京曾忆昔繁华，万里帝王家。琼林玉殿，朝喧弦管，暮列笙琶。　　花城人去今萧索，春梦绕胡沙。家山何处，忍听羌笛，吹彻梅花。
>
> ——赵佶《眼儿媚》

从李煜的"三千里地山河"，到赵佶的"万里帝王家"，历史的轮回，迟到了一百多年，却终究没有缺席。

不过，赵佶没有继承李煜的信仰。

李煜是笃信佛教的，而赵佶是著名的"道君皇帝"。

在这一点上，钱俶倒是比李煜更有名的佛教徒，著名的"雷峰塔"就是他建造的。

勉强说来，继承了佛教信仰的，却是赵家的另一位子孙。

他是南宋倒数第三位皇帝，宋恭帝赵㬎。

那时，赵家天下，已是强弩之末，登基时年仅四岁的赵㬎也不过是傀儡而已，说是倒数第三位，其实他才是正式投降元朝的那个皇帝。

只是，他投降的时候，连"教坊犹奏离别歌"都没有，他太小了，连归降表都是太皇太后签署的。

赵㬎的老师汪元量叹息着，用诗记下了这一幕："乱点连声杀六更，荧荧庭燎待天明。侍臣已写归降表，臣妾签名谢道清。"（《醉歌十首·其五》）

后人想起宋太祖陈桥兵变，从后周夺取帝位的事情，暗骂一声"活该"："忆昔陈桥兵变时，欺他寡妇与孤儿。谁知三百余年后，寡妇孤儿又被欺。"（周密《癸辛杂识》载无名氏诗）

而赵㬎呢？他太小了，也许根本不记得那时的感受。

所以，虽然同为"亡国之君"，他长大之后的哀伤也是淡淡的，不像李煜和赵佶那样撕心裂肺。那时，宋词的时代已经差不多结束了，所以他写的也不是词：

寄语林和靖，梅花几度开。

黄金台下客，应是不归来。

至元二十五年（1288），李煜死后的三百一十年，钱俶死后的三百年，赵㬎在吐蕃出家为僧。

宋词的时代结束了，李煜的魔咒也结束了

多少恩怨情仇，在时间的冲刷之下，不过一句："流水落花春去也，天上人间。"（《浪淘沙》）

種態度縱目觀之宛勝圖畫

因賦是詩焉

天產乾皋此異禽遐陬來貢尤重深

體全五色非凡質惠吐多言更好音

飛翥似憐毛羽貴徘徊如飽稻粱心

緌膺紺趾誠端雅爲賦新篇步武吟

萧观音 元好问

问世间，可有回心院？

如果用现代的语言来形容，宋、辽、金之间的关系可以说是"相爱相杀"。

抛开那些复杂的政治关系和战争，有一件事是辽、金加在一起也比不上宋朝的，那就是文化。

汉民族的文化传承悠久，有着极强的包容性和吸附性，辽、金两个政权一面摩拳擦掌想要吞并南方这片广袤的土地，另一方面又不得不像历史上所有的少数民族政权那样，学习大宋的文化。

不知道是不是历史的必然，在宋词之火燃遍大江南北的时候，辽、金也各自出现了一位优秀的词作者。虽然从数量上无法与中原词人相比，但他们站在宋词与元曲之间，默默地等待着历史的选择。

公元 1040 年，是北宋初期词人开始大规模创作的时代。这一年，范仲淹刚刚当上了陕西经略安抚副使，他的《渔家傲》马上就要诞生；

这一年，大宋的另一个恶邻西夏开始进兵中原；这一年，欧阳修任馆阁校勘……

苏轼、苏辙、晏几道已经出生了，王安石马上就要进士及第，波澜壮阔的"庆历"在明年就会到来……

这一年，遥远的辽国，一个女婴呱呱坠地，她的母亲像所有大人物出生之前一样，梦到了异象：月亮落入怀中，太阳升到天空中后被天狗吞吃。她的父亲萧惠叹了口气，认为这个梦已经决定了女儿的命运——贵不可言，然不得善终。

女孩长大后，兼备了聪明与美貌两种极致的天赋，人们都说她的相貌如同画像上的观音菩萨，所以她的小名叫"观音"。

萧氏是辽国的"皇后世家"，萧观音和她的姐妹姑侄一样，嫁给了耶律家的男子。这种联姻像一个政治任务，是忽略血缘和辈分的——她的丈夫名叫耶律洪基，是她姑母萧耨斤的孙子，按辈分来说算是她的表侄。

他们成亲的时候，萧观音才十三岁，耶律洪基二十一岁，已经"总北南院枢密使事，加尚书令，晋封燕赵国王，兼天下兵马大元帅，知惕隐事，预朝政"，可以说是贵不可言，离皇位也就一步之遥。

成婚两年后，辽兴宗耶律宗真驾崩，耶律洪基即位，十五岁的萧观音当上了皇后。

同样是不世出的才女，李清照的十五岁可能还在"兴尽晚回舟"，而萧观音已经不得不一头扎进政坛，她的诗才，为她赢得了耶律洪基的极度赞赏。

辽／萧瀜（传）／花鸟图／台北故宫博物院藏

威风万里压南邦，东去能翻鸭绿江。

灵怪大千俱破胆，那教猛虎不投降。

——《伏虎林应制》

不看作者的名字，谁也想不到，这样一首豪气万丈的七言绝句，会是出自女子之手。

这首诗是在秋猎的时候所写，传说写完第二天，耶律洪基真的射死了一只老虎，于是高兴地说："朕射得此虎，可谓不愧后诗。"

萧观音盛宠一时，可是失宠，也还是因为"谏猎秋山"——她认为耶律洪基是一国之君，每次打猎都这样全心全意地投入，实在太过危险。

"谏猎秋山"是一个妻子对丈夫的柔情叮嘱，也是一个皇后对君王的殷切劝慰，本无过错，却还是惹恼了自认英雄的耶律洪基。

萧观音失宠后，还是决定用她最擅长的文字来让丈夫回心转意。

她创作了一个新的词牌，一个独属于萧观音的词牌：《回心院》。

其一

扫深殿，闭久金铺暗。游丝络网尘作堆，积岁青苔厚阶面。扫深殿，待君宴。

其二

拂象床，凭梦借高唐。敲坏半边知妾卧，恰当天处少辉光。拂象床，待君王。

其三

换香枕，一半无云锦。为是秋来展转多，理有双双泪痕渗。换香枕，待君寝。

其四

铺翠被，羞杀鸳鸯对。犹忆当时叫合欢，而今独覆相思袂。铺翠被，待君睡。

其五

装绣帐，金钩未敢上。解却四角夜光珠，不教照见愁模样。装绣帐，待君贶。

其六

叠锦茵，重重空自陈。只愿身当白玉体，不愿伊当薄命人。叠锦茵，待君临。

其七

展瑶席，花笑三韩碧。笑妾新铺玉一床，从来妇欢不终夕。展瑶席，待君息。

其八

剔银灯，须知一样明。偏是君来生彩晕，对妾故作青荧荧。剔银灯，待君行。

其九

燕熏炉，能将孤闷苏。若道妾身多秽贱，自沾御香香彻肤。燕熏炉，待君娱。

其十

张鸣筝，恰恰语娇莺。一从弹作房中曲，常和窗前风雨声。张鸣筝，待君听。

这是一个很有趣的词牌，它有平仄两个变体，以生活中的琐事为线索，重章复唱，反反复复地咏叹，最后都要落到"待君"上来。要是用现代歌曲来诠释，怕不正是那句超级洗脑的"我在这儿等着你回来"？！

事实上，用文字来挽回男人——特别是君王的心，这件事情很多女人都做过。比如说陈阿娇，她自己不会写，于是"千金买赋"，找司马相如代笔了流传千古的《长门赋》；又比如在杨玉环之前受宠的梅妃，也曾经写过《楼东赋》。但是从结局来看，这件事的成功率实在不怎么高。

萧观音没能成为那个幸运的例外。

她和她们的不同之处在于，为了作这些词，她认识了那个把她进一步推向深渊的男人——赵惟一。

创作一个新的词牌，不是规定字数那么简单，还需要有相应的曲调，萧观音自己会弹筝和琵琶，但要谱新曲，她还是需要"专业人士"的帮助。那个"专业人士"，就是宫廷乐师赵惟一。

也许她真的在寂寞中爱上了赵惟一，也可能只是单纯的"知音"式交往，但不管怎么样，她因为这件事，被一双充满算计的眼睛盯上了。

那双眼睛属于太师耶律乙辛。

耶律乙辛此人，位高权重且心术不正，他的聪明才智似乎都用在了权力倾轧上，对他曲意逢迎的人都获得了提升，而更多忠信耿直、不肯屈从他的人多半没什么好下场。公元1075年，萧观音的儿子耶律浚被封为太子，耶律乙辛担心太子参政后自己不能再为所欲为，于是就打算从萧观音这里铲除太子的势力。

他利用萧观音引以为傲的文学天赋，精心布置了一个死局。

当萧观音从被买通的宫女手中接过那艳冶不堪的《十香词》的时候，还真以为如宫女所言，那是大宋皇后的作品，需要亲笔誊抄，达成词、书双绝的佳话呢！

她不仅抄下了那些"销魂别有香""生得满身香"的词句，还为这组词写了一篇《怀古》：

> 宫中只数赵家妆，败雨残云误君王。
>
> 惟有知情一片月，曾窥飞燕入昭阳。

这首诗里，竟然好巧不巧地嵌进了"赵惟一"三个字，后果可想而知。

東丹逐卹翩主越
海莒豪虔保作
射鹿圖縵胡貘
舊裝改姓事他
園回八怕叔鄉
雖睾逐虜志熟
霞六未忘睨
吳太伯近輶澤
高皇

乙酉仲秋月
再題

△ 五代十国 \ **佚名** \ **获鹿图卷** \ 美国大都会艺术博物馆藏

耶律乙辛拿到"证据"之后，立刻写了一份奏疏，指责萧观音与赵惟一偷情，过程写得极其香艳，还有萧观音亲手书写的"艳词"为证，于是萧观音这位才女皇后便蒙冤至死，死的时候才三十五岁。

六百多年后，纳兰性德在词中为她一声长叹：

　　马上吟成促渡江，分明闲气属闺房。生憎久闭金铺暗，花冷回心玉一床。　　添哽咽，足凄凉。谁教生得满身香。只今西海年年月，犹为萧家照断肠。

——纳兰性德《于中好·咏史》

读这首词的时候，我们仿佛看到了两个词人站在相隔六百年的时光两岸遥遥相望。

六百多年后，她才遇到了最懂她的人！

萧观音死后五十年，辽国和北宋相继在金国的铁蹄之下化作尘埃。

对于金人来说，扩张和掠夺才是他们的当行本色，但获得了大量的领土之后，他们就不得不考虑学习宋朝的文化，以期获得长久的统治。

比如说辛弃疾，就参加过金国的科举考试。

不过他并没有考中——如果他当了金国的官员，历史说不定又是另一番面貌了。

我们要说的，是一个考中了的人。

元好问，宋金对峙时期，北方文坛的"盟主"。

金章宗泰和五年（1205），十五岁的元好问前往并州（今太原一带）赴试。途中，一个猎户给他讲了件稀罕事。猎户早晨捕捉了两只大雁，一只挣脱逃走了，另一只没逃走的被他杀掉了，但是逃走的那一只又飞了回来，哀鸣徘徊，最后竟然直直地从空中落下来，触地自尽。

这个"生死相许"的故事触动了少年的心灵，元好问把那两只大雁买下来，埋葬在汾水之上，然后写了这首《摸鱼儿·雁丘词》：

　　问世间、情是何物，直教生死相许？天南地北双飞客，老翅几回寒暑。欢乐趣，离别苦，就中更有痴儿女。君应有语，渺万里层云，千山暮雪，只影向谁去？　　横汾路，寂寞当年箫鼓，荒烟依旧平楚。招魂楚些何嗟及，山鬼暗啼风雨。天也妒，未信与，莺儿燕子俱黄土。千秋万古，为留待骚人，狂歌痛饮，来访雁丘处。

这世间，最高级别的爱，便是生死相许吧？！

他想象着这对雁侣恩爱的时光——它们曾经天南地北，双宿双栖；他想象着那只自尽的大雁的悲痛心情——你死了之后，谁再陪我万里层云，千山暮雪？

那一瞬间，他自己似乎也变成了大雁，在寒空中自由自在地飞翔。

他望着汾河旁那孤零零的坟冢，想起千年前，汉武帝曾经在这里祭祀，那时应该是箫鼓喧天吧，现在只剩平林漠漠，一派荒凉。

那对雁侣，就葬在这样荒凉的地方，即使是屈原亲自来写《招魂》，也无法让它们复活了。

于是，只剩山鬼凄凉的歌。

这是因为老天爷也嫉妒它们的恩爱吗？

但它们这样感天动地的爱情，注定不会像寻常的莺莺燕燕一样，归于黄土，会有一代又一代的诗人来祭奠它们，他们会带着酒来，唱着歌去。

十五岁的少年，满腔热血，认为只有狂歌痛饮，才配得上这样壮烈的爱情。差不多在同一时候，大名府有一对小情侣，因为家长不同意他们的婚事，双双投水殉情。那一年，他们赴死的池塘里，开出了满塘的并蒂莲花，好像在为这对情侣祈祷。

但元好问听别人说起这个故事，至少已经是十几年后了，那时，蒙古的铁骑已经踏遍北方，金国危在旦夕。

所以"殉情"这件单纯的事，到了元好问笔下，又染上了一抹更为决然的色彩。

他为这个故事写了另一首《摸鱼儿》，取名《双蕖词》。

问莲根、有丝多少，莲心知为谁苦？双花脉脉娇相向，只是旧家儿女。天已许。甚不教、白头生死鸳鸯浦？夕阳无语。算谢客烟中，湘妃江上，未是断肠处。　香奁梦，好在灵芝瑞露。人间俯仰今古。海枯石烂情缘在，幽恨不埋黄土。相思树，流年度，无端又被西风误。兰舟少住。怕载酒重来，红衣半落，狼藉卧风雨。

他们生前不能结为连理，死后便化作并蒂莲花，长相厮守。

只是，这爱情幻化的莲花，怕也是要被风雨摧残吧？

这个时候，元好问已经不再是那个"痛饮狂歌"的少年，他有了更深的顾虑，更悲痛的情感。

但他依然很珍惜这种"生死相许"的爱情。

有趣的是，《双蕖词》虽然不如《雁丘词》有名，但有一首从清末民初流传到现在的小曲与它有着惊人的相似——在这首《探清水河》里，也有一对赴水而死的小情侣，甚至女主角的名字就叫"大莲"。

你在这首歌里，可以听到那种从古到今未曾改变过的情意。

虽然以现代人的眼光来看，我们并不提倡以自杀的形式去追求爱情，但这并不妨碍我们对这种真挚的情感表达向往。

剔除"死亡"本身的含义后，我们可以看到爱情最美的模样：

"你若不离不弃，我必生死相随。"（沈杰《绝句》）

在金庸的《神雕侠侣》里，"问世间、情是何物"一句，成了贯穿全篇的基调。我们痛骂李莫愁，怜惜小龙女，为终身不嫁的程英和陆无双嗟叹，恨不能让郭襄的幸福永远锁定在十六岁生日的晚上。

看书追剧的时候，我们根本不会想，这首词是金国人的作品——尽管按照《神雕侠侣》的世界线，杨过与小龙女见面之前金国就已经灭亡了，但要按照《射雕英雄传》的立场来说，元好问应该算是她们的"敌人"。

只能说，爱情本身所具备的魔力是超脱政治立场的吧。

元好问出生的时候，姜夔、杨万里、陆游等人正活跃在南宋文坛；他去世的时候，文天祥刚刚进士及第；他在战火中抚养过"元曲四大家"之一的白朴；他编订的金代诗歌总集《中州集》收录了二百五十余位作者的两千余首诗词……

他站在宋词与元曲之间，填补了那一段极为模糊的空白。

问世间、情是何物，直教生死相许。

元好问本质上来说是个学者，这辈子很少歌咏爱情，但他留下的为数不多的爱情词章，都是精品。而让世人永远记住他的，也是这句"直教生死相许"。

当然，从历史的角度来看，也许他的另一首作品更有意义：

今古北邙山下路，黄尘老尽英雄。人生长恨水长东。幽怀谁共语，远目送归鸿。　盖世功名将底用，从前错怨天公。浩歌一曲酒千钟。男儿行处是，未要论穷通。

——元好问《临江仙·自洛阳往孟津道中作》

这是他三十多岁时候的作品，那时他还有一腔热血，想要做出一番事业来。但他的大金国，寿命已经进入倒计时了。

回首前尘，"今古北邙山下路"岂不是一句谶言？

金国灭亡之后，元好问闭门修史，一部《中州集》成了《金史·艺文志》的蓝本，这种"国亡修史"的精神，也被后来的文人所继承：

平世何曾有稗官，乱来史笔亦摧残。

百年遗稿天留在，抱向空山掩泪看。

——元好问《自题＜中州集＞后四首·其一》

△　南宋 ＼ **佚名** ＼ **荷雁图** ＼ 台北故宫博物院藏

宋词里的"无名氏"们

翻开《全宋词》，我们会看到一串熟悉的名字：

苏轼、晏殊、欧阳修、柳永、秦观、李清照、辛弃疾、姜夔……

一串略微眼生，但也算有印象的名字：

吴文英、叶梦得、张炎、刘辰翁、张元幹、周密、王沂孙……

还有一串看起来不像是名字的名字：

徐君宝妻、戴复古妻、蒋兴祖女、吴城小龙女、窃杯女子、无名氏……

这些名字里，有某某人的妻子、女儿，她们隐藏在自己的身份信息后边，不似李清照那般能够让自己的名字流芳百世，让丈夫和父亲变成"李清照夫"和"李清照父"。

而"无名氏"，则是连身份信息都没有留下来的一个作者群体，"无名氏"是他们的"共享姓名"。

若按照词话记载的时间来算，宋代第一首"无名氏"的作品，应该是这一首《眉峰碧》：

> 蹙破眉峰碧，纤手还重执。镇日相看未足时，忍便使鸳鸯
> 只！　薄暮投村驿，风雨愁通夕。窗外芭蕉窗里人，分明叶
> 上心头滴。

这首词，就像是凭空出现在宋词史上，却在某种意义上，产生了巨大的影响。

打个比方，假如周杰伦有一天告诉大家，在他少年时代曾经在笔记本上抄写过一段旋律，虽然不知出处，但对他的音乐创作生涯有着指导作用，那么这旋律在音乐界的地位重不重要？

当年把这首《眉峰碧》抄下来，并且珍而重之、时时揣摩的少年，名叫柳三变。

在宋词事业的草创阶段，这首并不完美，却有着独特韵味的小词，就像一颗小小的种子，在柳三变心里扎下了根，最后结出了一颗名为"柳永"的硕果。

"纤手还重执。"

"执手相看泪眼。"

你看，这是多么完美的升华！

作为婉约派鼻祖的启蒙作品，《眉峰碧》在北宋一直很火，直到柳永过世后好几十年，宋徽宗还在打听这个"无名氏"到底是谁呢。

可惜的是，这个作者的名字注定要湮没在历史的风尘里了。

还有一组"无名氏"的作品，与其说是"词"，不如说是一个完整的剧本。

是的，一组。

《射雕英雄传》里，老顽童周伯通和瑛姑的定情词还记得吗？"四张机。鸳鸯织就欲双飞，可怜未老头先白。春波碧草，晓寒深处，相对浴红衣。"

在小说里，这首词反复出现了好几次，后来黄蓉还写了"七张机"和"九张机"。

那么问题来了：

一二三五六八张机都哪儿去了？

这个问题，看小说的时候可能想一想也就过去了，也不会想到，"九张机"它是真的有九段哪！

当初只不过随便一想，后来读《宋词鉴赏辞典》，才发现，还真有这个"一二三五六八"。

真正的《九张机》，不算一个词牌，它是完整的一组词，从一到九，这种形式，叫作"转踏"，是曲的一种。就像是一个小小的剧本，写的是织布女子的劳动场景和爱情憧憬。

在南宋曾慥所编《乐府雅词》里收录了两组《九张机》，其中一组在"一张机"到"九张机"之前有小序，根据小序里的说法"醉留客者，乐府之旧名；九张机者，才子之新调。凭夏玉之清歌，写掷梭之春怨。章章寄恨，句句言情。恭对华筵，敢陈口号"，可以知道《九张机》是由文人才子在原名《醉留客》的乐府旧词基础上创作组成：

△ 宋\惠崇**历朝画幅集册·秋浦双鸳**\台北故宫博物院藏

一张机。织梭光景去如飞，兰房夜永愁无寐。呕呕轧轧，织成春恨，留着待郎归。

　　两张机。月明人静漏声稀，千丝万缕相萦系。织成一段，回纹锦字，将去寄呈伊。

　　三张机。中心有朵耍花儿，娇红嫩绿春明媚。君须早折，一枝浓艳，莫待过芳菲。

　　四张机。鸳鸯织就欲双飞。可怜未老头先白。春波碧草，晓寒深处，相对浴红衣。

　　五张机。芳心密与巧心期。合欢树上枝连理。双头花下，两同心处，一对化生儿。

　　六张机。雕花铺锦半离披。兰房别有留春计。炉添小篆，日长一线，相对绣工迟。

　　七张机。春蚕吐尽一生丝。莫教容易裁罗绮。无端翦破，仙鸾彩凤，分作两般衣。

　　八张机。纤纤玉手住无时。蜀江濯尽春波媚。香遗囊麝，花房绣被，归去意迟迟。

　　九张机。一心长在百花枝。百花共作红堆被。都将春色，藏头裹面，不怕睡多时。

　　在"一张机"到"九张机"后面，还有两小段，像是插曲，又像是喜剧和悲剧两种不同的爱情故事结局：

轻丝。象床玉手出新奇。千花万草光凝碧。裁缝衣着，春
天歌舞，飞蝶语黄鹂。

春衣。素丝染就已堪悲。尘世昏污无颜色。应同秋扇，从
兹永弃。无复奉君时。

最后，还有一段结束语，读完这一个完整的"剧本"，就好像做
了一场美梦，醒来之后，还能听见伴随着织布机咿呀声的悠悠歌声和
叹息：

歌声飞落画梁尘，舞罢香风卷绣茵。更欲缕成机上恨，尊
前忽有断肠人。敛袂而归，相将好去。

当然，"无名氏"的作品不是一直都这么精致，我们有的时候会看
到一些让人哭笑不得的作品，比如这一首描写科举考试的"打油词"，
就是把贺铸的《横塘路》给"魔改"了：

钉鞋踏破祥符路。似白鹭、纷纷去。试盝幞头谁与度。八
厢儿事，两员直殿，怀挟无藏处。　　时辰报尽天将暮。把笔
胡填备员句。试问闲愁知几许。两条脂烛，半盂馊饭，一阵黄
昏雨。

——《青玉案·咏举子赴省》

贺铸的"一川烟草，满城风絮，梅子黄时雨"，是诗意而舒缓的，而这位无名氏的作品，却像是我们小时候在语文书上涂抹的"杜甫很忙"，带着一种"减压"的目的性，颇有恶作剧得逞的味道。让人直呼：原来古人就已经这么会玩了！

从某种意义上来讲，那些某某妻、某某女，也是另一种意义上的"无名氏"。

女性的"无名氏"群体当中，也出现了一些极为经典的作品。

但是，这些作品背后，往往伴随着浸满血泪的故事：

朝云横度，辘辘车声如水去。白草黄沙，月照孤村三两家。

飞鸿过也，万结愁肠无昼夜。渐近燕山，回首乡关归路难。

——蒋兴祖女《减字木兰花·题雄州驿》

靖康元年（1126），金兵南下，势如破竹，中原大地相继沦陷，无数百姓流离失所。

金人不仅掳掠了大量的财物，还将魔爪伸向那些手无寸铁的女子——从平民妇女，到官员家眷，再到皇家的后妃公主，无一幸免。

她们被胁迫着一路北上，等待她们的，将是来自命运的无尽折磨。

阳武县令蒋兴祖十五岁的女儿也在北上的队伍当中，她在雄州驿站留下的这首《减字木兰花》，记录了当时的情景。

而历史也总是惊人的相似，一百多年后，南宋灭亡的时候，在蒙古的铁骑洪流中，我们又看到了这些女子的身影：

> 汉上繁华，江南人物，尚余宣政风流。绿窗朱户，十里烂
> 银钩。一旦刀兵齐举，旌旗拥、百万貔貅。长驱入，歌楼舞榭，
> 风卷落花愁。　　清平三百载，典章人物，扫地都休。幸此身
> 未北，犹客南州。破鉴徐郎何在？空惆怅，相见无由。从今后，
> 断魂千里，夜夜岳阳楼。

——徐君宝妻《满庭芳》

据说这位"徐君宝妻"被元兵自岳州掳掠到临安后，安置在韩世忠
的故居当中，她数次逃脱那将领的魔爪，最后留下这首《满庭芳》，赴
水而死。

"从今后，断魂千里，夜夜岳阳楼"，那一座承载着天下"忧乐"
的岳阳楼哇，如今又多了一缕义无反顾的英魂，夜夜徘徊。

靖康之耻，崖山之恨——这羞耻与憎恨，不仅仅因为国破家亡，还
因为这些在战争中被肆意掳掠的女人。后来人们书写历史的时候，总是
试图忘掉这些耻辱，但又怎么能忘得掉呢？

她们被史书一笔带过，却用簪钗把这凄惨的遭遇刻进了宋词，錾进
人们心上，让历史永远也不敢遗忘。

听够了悲惨的故事，也许应该用一首比较欢乐的词来收尾：

> 月满蓬壶灿烂灯，与郎携手至端门。贪看鹤阵笙歌举，不
> 觉鸳鸯失却群。　　天渐晓，感皇恩。传宣赐酒饮杯巡。归家

△ 元 \ **夏永** \ **岳阳楼图页** \ 美国弗利尔美术馆藏

恐被翁姑责，窃取金杯作照凭。

——窃杯女子《鹧鸪天》

这是宋人笔记小说中记载的一个故事，说是上元节的时候，宋徽宗给百姓赐御酒，一个女子喝完酒之后试图偷走金杯，被抓起来之后，不慌不忙地吟了这首词，表明自己偷金杯只是想要做个凭证，告诉公婆，自己跟丈夫走散之后没有瞎跑，是喝皇上的御酒去了。而宋徽宗觉得天下会作词的没有坏人，于是不光把金杯送给了她，还让侍卫送她回家，给足了面子。

在无名氏词人群体中，我们也许看不到宋词的清晰脉络，却能看到宋词在那片土地上的繁荣与普及。

他们就像百花园中的青草，虽然不起眼，但不可或缺。

他们都没能留下姓名。

但到底，用自己的作品，在《全宋词》里铸造出一座座无名的丰碑。

敦煌曲子词

来自大漠深处的"彩蛋"

一千多年来，人们一直以为，中国文学史上第一部词集是《花间集》。

这个美丽的误会，一直到 1900 年，尘封在大漠深处的敦煌石室被打开，人们才发现，原来早在《花间集》诞生的后蜀广政三年（940）之前，民间就已经有了手抄本的词集，其诞生时间不晚于后梁乾化元年（911），而且这部词集的名字在《花间集》里也提到过。

"是以唱云谣则金母词清，挹霞醴则穆王心醉"（欧阳炯《花间集序》），我们不知道欧阳炯说的"云谣"是不是语带双关，不过我们说的这部词集的名字，就叫《云谣集杂曲子》。

这名字听起来，有点仙气，又有点野性。

事实上，无论从名字还是从内容来说，《花间集》都是温柔美丽的仙女小姐姐，而《云谣集杂曲子》却是娇憨又刁蛮的邻家小妹。小妹还没有学会打扮自己，多少有点不修边幅，但那股纯天然的美好，总会让你忍不住伸出手来揉一揉她那一脑袋支棱巴翘的小黄毛。

《云谣集》里的词不多，只有三十首，主要写相思别离之类的内容，写法非常原生态，读起来倒有趣，就像自然生长的野果子，看起来七扭八歪，咬一口挺甜。

比如这一首被抛弃女子的自述：

珠泪纷纷湿绮罗，少年公子负恩多。当初姊姊分明道，莫把真心过与他。子细思量着，淡薄知闻解好么。

——《抛球乐》

纯用口语，描写的场景也极其生活化——女孩子失恋了，抱着闺密边哭边骂"大猪蹄子"。闺密说：你看，我早说这个人不靠谱了，一个薄情寡义的人，哪能知道好歹？！

这么一说是不是就有画面了？

我们今天能看到这首词，其实非常不容易。

它静静地在敦煌躺了一千多年，在乱世中被开启，原本又被盗走。学者辗转多年，远赴重洋，分别从英国和法国各抄录了一半回来，才勉强还原了这一本《云谣集杂曲子》。

与流传千年的《花间集》相比，它沉默多年，又漂泊多年，至今还没能回归故乡，故而又多了几分命运弄人的色彩。

近年三星堆出土的"盲盒"曾令国人轰动，而当年在敦煌这个巨大的"盲盒"里，开启出来的文学作品不止这一部集子。

比如说赫赫有名的《秦妇吟》，就是在失传千年之后在这里重见天日的。

即使是曲子词，也还有很多。

王重民《敦煌曲子词集》收录了一百六十余首，饶宗颐《敦煌曲》收录三百一十余首，而任二北《敦煌歌词集》把敦煌文学里所有能入乐的文字都搜罗进去，足有一千二百余首。

比如说有这么一首词，流传甚广，很多人看着都会有点眼熟：

　　　枕前发尽千般愿，要休且待青山烂。水面上秤锤浮，直待黄河彻底枯。　　　白日参辰现，北斗回南面。休即未能休，且待三更见日头。

——《菩萨蛮》

谈恋爱的时候，指天誓日，恨不得把整个天地、整个宇宙都拿来给爱情加码，这样的劲头……这难不成是唐代版的《上邪》？

但是《上邪》里"山无陵，江水为竭，冬雷震震、夏雨雪，天地合"，也才五个誓言，而这首《菩萨蛮》有六个——"青山烂""秤锤浮""黄河枯""白日参辰""北斗回南""三更见日"。

好家伙，流传两千多年，让无数人为它痴狂为它哐哐撞大墙的《上邪》，竟然输了？！

仔细看看，会发现这首《菩萨蛮》不是很对劲，它好像多了几个字，其实这正是词之帝国的草创时期不按套路出牌的明证。那时候的词，很像现在初学诗词的人所写，特别随心所欲，不仅字数不一，甚至平仄通押、韵脚不定，像《菩萨蛮》这样加"衬字"的情况，简直再常见不过。

除了《抛球乐》和《菩萨蛮》，还有几首有名的曲子词也是写的爱情，还大多是痴心女子负心汉，比如这两首《望江南》小令：

> 天上月，遥望似一团银。夜久更阑风渐紧，与奴吹散月边云。照见负心人。

> 莫攀我，攀我太心偏。我是曲江临池柳，者人折了那人攀。恩爱一时间。

虽然这些谈恋爱的场景看起来跟《花间集》没什么不同，但实际上，敦煌曲子词涵盖的范围相当广泛。

这里有孟姜女的神话故事：

> 孟姜女，杞梁妻，一去燕山更不归。造得寒衣无人送，不免自家送征衣。
>
> ——《捣练子》

这里有坚守敦煌，至死不渝的边将：

敦煌自古出神将，感得诸蕃遥钦仰。效节望龙庭，麟台早有名。　　只恨隔蕃部，情恳难申吐，早晚灭狼蕃，一齐拜圣颜。

——《菩萨蛮》

这里还有渴望建功立业的游侠儿：

三尺龙泉剑，匣里无人见。一张落雁弓，百支金花箭。　　为国竭忠贞，苦处曾征战。先望立功勋，后见君王面。

——　《生查子》

这里甚至有中学试卷当中，被物理老师和政治老师同时钟爱的"相对论"的问题：

五两竿头风欲平，长风举棹觉船轻。柔橹不施停却棹，是船行。　　满眼风波多闪灼，看山恰似走来迎。仔细看山山不动，是船行。

——《摊破浣溪沙》

正如编纂《敦煌曲子词集》的王重民在该书叙录中所言："今兹所获，有边客游子之呻吟，忠臣义士之壮语，隐居子之怡情悦志，少年学子之热望与失望，以及佛子之赞颂，医生之歌诀，莫不入调。"

不过，内容太广，也正说明"曲子词"还没有脱离民歌的范围，进入纯粹的"词"这一垂直领域。而经过编纂的《云谣集杂曲子》相对来说会更进步一些，已经隐隐有了向文人化词作靠拢的萌芽。

一部电影看到结尾，我们总会静静地坐在电影院里，等待着"彩蛋"的出现。

在"词"这部悠长的艺术电影里，敦煌曲子词，就是人们在千年之前埋下的"彩蛋"。

"词"是起源于民间的，可是在这些曲子词面世之前，我们所看到的大都是文人词。

看到这些稚拙可爱的作品，就仿佛使用"倒放"的特效，把宋词这朵艳丽的情花，还原成了圆滚滚的种子。

就让我们把这种子放在掌心之上反复摩挲着，让它重新抽芽、开花……

為傳書而表妾衷腸倩誰語無言畫並展復硯三

光万般無那憑一爐香畫又更添香　又悲

漆案獨坐於得為君裁畫征衣裁縫了遠寄邊

裏想得為君耆我不旦崎驅中輕沙磧里

山憑三尺暫戴新愁空知紅聲淚的妝珠往想

金釵卜卦了背畫竟夢大涯迴暫歛桃上

長畫待谷鄉迴故日容顏雖悴使此何如　又

辛甲令昆得観嬌城眉如新月且引橫陂素音

未消殘雪透軽羅朱合酥玉雲鬢婆娑泉淥

有女拥料寳難過羅衣捲枕行步遠逶迤逐

人何語聲無力熊嬌多錦衣公子兒萬鞭五馬

腸斷知磨　　又　　寃家本是累代轉轉父兄

貨事依國良臣勤奮生怵闔綱惆悵深訓習

礼儀呈三從四德虧損分明姱得良人為國速

長征半老定　　末有崎程遠芳公子肝腸

斷謨生心妄身如松柏守志強過嘗又堅身

俤子　鶯語哨時三月半煙蘸柳絲金線亂五

陵原上有仙娥攜語扇蜜爛漫留住九葦薹

斤犀玉蒲頭花蒲面光亂如奼姜一雙偷淚眼淥珠

舞鳳天仙別後信難通無人荷花蒲洞休把同

心千遍壽不知何處去正特花謾誰是主

蒲樓明月夜三更無人語漢如雨便是思君腸

漸虛　　竹枝子

羅幌塵生悄悄情一簇愁無緒理恨小郎捨

蕩盡年下施紅鏡臺前只是羞啼禱

畫珠淚的滴三的成班待伊來教共伊言須

改往求殷勤興　　又

子玉孫央傾客六小娘蒲頭珠翠爭光百

步惟梅攘爾番口金紅巨相思語義遞相

許於書傳而書郎懂若有意嫁潘郎休遣

潘郎爭斷腸　　洞山歌

華燭光難途下情悵恨征人久鎮邊塞酒

醒後年虎醋少年大圩何緣窗下依然在

倚假鋪鴛被把人無泥瀟瀟琴琶征理豐中禪

后记

2017 年 9 月，拙作《宋词极简史：这二十一首作品，唱尽大宋王朝三百一十九年》在微信公众号"诗词中国"（现名"诗词中国2012"）发表，三天之内达到了"十万＋"的阅读量。

当时文末有不少精彩的评价，兹摘录如下：

一部宋词，吟诵多少春华秋实，家国情怀，或沉吟浅唱，或纵酒高歌，爱诗词，更爱这如画江山！

——托斯卡纳

我在古城开封，比任何时候都能理解这大宋的兴衰，它既有那"大江东去浪淘尽"的气魄，又有"一川烟草，满城风絮"的婉约，更有那穿越千年流不尽的风流。

——周萌萌

宋，不同于唐的磅礴大气，有别于元的宏伟粗犷，它是适合文人的，小资的，生活的，淡然悠长，人间百味，所以出现了词的高峰。

——阿泽

初三那年，满头白发的历史老师帮我们复习历史，讲到宋词，他铿锵有力地为我们朗诵苏轼的"大江东去"，又拉长声调轻声读李清照的"凄凄惨惨戚戚"……从此爱上宋词一发不可收，初中毕业用零花钱买来《全宋词》，每天闲下来都会学那位老师那样轻轻读几首。那几年我给同学留下最深的印象，就是抱着厚厚的《全宋词》，低着头，从宿舍到教室，从教室到宿舍的身影。

——轻舞半轮秋

2020 年年底，"诗词中国"总策划包岩女士问笔者，愿不愿意将这篇文章扩展成"宋词极简史 2.0"，当时有些犹豫，一方面对于有机会把自己的文字变成铅字有某些执着，另一方面又自感才疏学浅，恐怕难以胜任。

让笔者下定决心的是看到当年《遇见最美的宋词》一书的再版，该书是少年时代作品，以词牌系事，文字精致，但内容的确不值一晒。但心里还是憋着一股劲儿，想跟当年那个"为赋新词强说愁"的自己比个高低。

于是就有了这本书。

这里有宋词世界里的八卦逸事、沉痛历史，有性格各异、有趣有料又有范儿的词人，有词这一文体的发展脉络，也有经典词作的"另类"解读，但"修史"二字谈何容易，此书名"极简史"，便当真是"简"得不能再简，只能说稍有些骨架，挂一漏万而已。

有的时候我们难免会有疑问，"宋词"的存在意义到底是什么。

是为了让我们记住苏轼、李清照、辛弃疾这些名字吗？

是为了让我们知道那个时代的富丽精致、清空骚雅吗？

是为了给"唐诗"找一个旗鼓相当的灵魂伴侣吗？

这些答案都对，也都不对。

也许最接近真相的答案，只有一个字——美。

词是为美而生的文学形式，我们走过了这三百多年的宋词史，领略到的是宋词里的生活之美和生命之美。

所幸，笔者对自己的审美，还有几分自信。

如果本书能令你对"宋词"之美生出些许兴趣，倒也不枉笔者为其数历不眠之夜。

2021 年七夕，于北京

《全宋词》（简体横排本）

唐圭璋编　王仲闻参订　孔凡礼补辑　中华书局 1999 年版

《全唐诗》

[清] 彭定求等编纂　中华书局 1960 年版

《宋词鉴赏辞典》

夏承焘等撰　上海辞书出版社 2003 年版

《中国古代文学史》（第二版）第二卷、第三卷

袁行霈主编　高等教育出版社 2005 年版

《历代诗话》

[清] 何文焕辑　中华书局 1981 年版

《历代诗话续编》

丁福保辑　中华书局 1983 年版

《宋才子传笺证》（词人卷）

傅璇琮、王兆鹏主编　辽海出版社 2011 年版

《花间集校注》

[后蜀]赵崇祚编 杨景龙校注 中华书局 2014 年版

《南唐二主词笺注》

[宋]佚名辑 王仲闻校 中华书局 2013 年版

《乐章集校注》

[宋]柳永撰 薛瑞生校注 中华书局 2014 年版

《苏轼词编年校注》

[宋]苏轼撰 邹同庆、王宗堂校注 中华书局 2007 年版

《重辑李清照集》

[宋]李清照撰 黄墨谷辑校 中华书局 2009 年版

《辛弃疾集编年校注》

[宋]辛弃疾撰 辛更儒笺注 中华书局 2015 年版

宋词极简史年表

凡例

本表参考袁行霈主编《中国文学史（第二卷）（第三卷）》
编订而成，以年号系年，以《全宋词》第一位词人和
岘生年（933）为起点，以最后一位可查的词人张炎
卒年（1322）为讫，标注国家大事、词人生卒年、创
作时间可查的代表性词作。

后唐长兴四年（933）
和峤生。

后晋天福二年（937）/ 南唐升元元年
李煜生。

后晋天福五年（940）/ 后蜀广政三年
后蜀赵崇祚编《花间集》。

后晋天福八年（943）/ 南唐保大元年
李璟即位，是为南唐中主。

后周显德元年（954）
王禹偁生。

**宋朝
建立**

宋太祖

建隆元年（960）
赵匡胤发动"陈桥兵变"，建立宋朝，是为宋太祖。

建隆二年（961）
宋太祖"杯酒释兵权"。
寇准生。

乾德五年（967）
林逋生。

开宝八年（975）
宋灭南唐。李煜降。

宋太宗

太平兴国元年（976）
十月宋太祖卒。弟光义即位，是为太宗。

太平兴国二年（977）
钱惟演生。

太平兴国五年（980）
宋辽交战。
寇准进士及第。

太平兴国八年（983）
王禹偁进士及第。

雍熙四年（987）
柳永约生于该年。

端拱二年（989）
范仲淹生。

淳化元年（990）
张先生。

淳化二年（991）
晏殊生。

至道三年（997）
宋太宗卒。太子恒即位，是为真宗。

宋真宗

咸平元年（998）
宋祁生，其兄宋庠生于至道二年（996）。

咸平四年（1001）
王禹偁卒。

景德元年（1004）
寇准随真宗征契丹。宋与契丹订立"澶渊之盟"。寇准拜相。
晏殊以神童召试，赐同进士出身。

景德四年（1007）
欧阳修生。

大中祥符八年（1015）
范仲淹进士及第。

天禧三年（1019）
司马光生。

天禧五年（1021）
王安石生。

乾兴元年（1022）
宋真宗卒。太子祯即位，是为仁宗。

宋仁宗

天圣元年（1023）
寇准卒。

天圣二年（1024）
宋庠、宋祁进士及第。

天圣六年（1028）
林逋卒。

天圣八年（1030）
欧阳修、张先进士及第。

天圣九年（1031）
欧阳修入西京留守钱惟演幕。

景祐元年（1034）
柳永进士及第。欧阳修入汴京任馆阁校勘等职。
钱惟演卒。

景祐三年（1036）
范仲淹贬知饶州。欧阳修贬夷陵县令。
十二月苏轼生，公元入 1037 年，弟苏辙生于宝元二年（1039）。

景祐四年（1037）
西夏元昊称帝。
欧阳修始修《五代史记》。

宝元元年（1038）
司马光进士及第。
晏几道生。

康定元年（1040）/辽兴宗重熙九年

西夏攻宋。范仲淹为陕西经略安抚副使，兼知延州。于此后四年中作《渔家傲》词。

欧阳修返汴京任馆阁校勘。

萧观音生。

庆历二年（1042）

王安石进士及第。

庆历三年（1043）

宋与西夏议和。晏殊拜相。范仲淹为参知政事，开始"庆历新政"。

欧阳修知谏院。

庆历四年（1044）

晏殊罢相。

庆历五年（1045）

范仲淹罢参政，出知邠州。欧阳修出知滁州。

黄庭坚生。

庆历六年（1046）

范仲淹在邓州作《岳阳楼记》。欧阳修在滁州作《醉翁亭记》。

皇祐元年（1049）

欧阳修知颍州。

秦观生。

皇祐四年（1052）

范仲淹卒。

贺铸生。

皇祐五年（1053）
欧阳修成《五代史记》七十四卷。
陈师道生。晁补之生。

至和元年（1054）
欧阳修为翰林学士兼史馆修撰，主修《新唐书》。
张耒生。

至和二年（1055）
欧阳修奉使契丹。
晏殊卒。

嘉祐元年（1056）
王安石初识欧阳修，二人有诗赠答。
苏洵携苏轼、苏辙入汴京，欧阳修荐苏洵于朝。
周邦彦生。

嘉祐二年（1057）
欧阳修主持进士考试，黜太学体。
苏轼、苏辙进士及第。

嘉祐三年（1058）
王安石为度支判官，主张变法。

嘉祐五年（1060）
欧阳修为枢密副使，与宋祁同修《新唐书》成。

嘉祐六年（1061）
欧阳修为参知政事。
苏轼、苏辙并中制科。苏轼往凤翔府任签判。
宋祁卒。

宋英宗

嘉祐八年（1063）
宋仁宗卒，嗣子曙即位，是为英宗。

治平三年（1066）
苏洵卒。苏轼、苏辙扶丧归蜀。

治平四年（1067）
宋英宗卒。子顼即位，是为神宗。
欧阳修罢参政，出知亳州。王安石知江宁府。
黄庭坚进士及第。

宋神宗

熙宁元年（1068）
欧阳修改知青州。
王安石为翰林学士兼侍讲。向神宗上《本朝百年无事札子》。

熙宁二年（1069）
王安石为参知政事，始行新法。
苏轼、苏辙返汴京。

熙宁三年（1070）
司马光致书王安石反对变法，自此退居洛阳。王安石拜相，作《答司马谏议书》。
欧阳修改知蔡州，更号六一居士。

熙宁四年（1071）
欧阳修致仕，居颍州，撰《诗话》。
苏轼被贬通判杭州。

熙宁五年（1072）
欧阳修卒。

熙宁六年（1073）
张耒进士及第。

熙宁七年（1074）
王安石罢相，知江宁府。
苏轼知密州，作《沁园春》（孤馆灯青）。

熙宁八年（1075）/ 辽道宗大康元年
王安石复相，赴京途中作《泊船瓜洲》。
苏轼在密州，作《江城子》（十年生死两茫茫）、同调（老夫聊发少年狂）。
萧观音卒。

熙宁九年（1076）
王安石罢相，出判江宁府。
苏轼在密州作《水调歌头》（明月几时有）。

熙宁十年（1077）
苏轼知徐州，秦观谒见苏轼。
叶梦得生。

元丰元年（1078）
黄庭坚以诗寄苏轼，苏、黄订交。苏轼作《日喻》《浣溪沙》（旋抹红妆看使君）五首。
张先卒。

元丰二年（1079）

苏轼遭"乌台诗案"。

秦观作《满庭芳》（山抹微云）。

晁补之进士及第。

元丰三年（1080）

苏轼谪居黄州。黄庭坚知太和县。

元丰四年（1081）

苏轼作《浣溪沙》（覆块青青麦未收）五首。

朱敦儒生。

元丰五年（1082）

苏轼在黄州作《赤壁赋》、《寒食雨二首》、《定风波》（莫听穿林打叶声）、《念奴娇》（大江东去）、《西江月》（照野弥弥浅浪）。

元丰六年（1083）

苏轼作《记承天寺夜游》。

李纲生。

元丰七年（1084）

司马光修《资治通鉴》成。

苏轼量移汝州，作《谢量移汝州表》《石钟山记》《题西林壁》；过金陵时会晤王安石，有诗酬唱。

黄庭坚监德州德平镇。黄庭坚、陈师道于颍昌初逢。

周邦彦献《汴都赋》，擢试太学正。

李清照生。

元丰八年（1085）
宋神宗卒，子煦即位，是为哲宗，年十岁，太皇太后听政。
司马光复出为门下侍郎。苏轼移常州，知登州，旋奉调入京。
黄庭坚入汴京任集贤校理等职，主持编写《神宗实录》。
秦观进士及第。

宋哲宗

元祐元年（1086）
苏轼为中书舍人、翰林学士、知制诰。
司马光卒。王安石卒。

元祐二年（1087）
苏轼、黄庭坚在汴京，多唱和之诗。

元祐三年（1088）
黄庭坚、秦观、晁补之、张耒同在秘阁任职，号"苏门四学士"。
贺铸作《六州歌头》（少年侠气）。

元祐四年（1089）
进士试立经义、诗赋两科。
苏轼出知杭州。

元祐五年（1090）
陈师道移颍州教授。
陈与义生。

元祐六年（1091）
苏轼召为翰林学士承旨，出知颍州。
张元幹生。

元祐七年（1092）

苏轼调知扬州，召为兵部尚书兼侍读，旋改礼部尚书。

苏辙为门下侍郎。

元祐八年（1093）

宋哲宗亲政。

苏轼出知定州。黄庭坚、秦观为国史院编修。

绍圣元年（1094）

"绍述"之说兴，新党执政，罢黜旧党人物。罢试诗赋。

苏轼谪居惠州。黄庭坚因《神宗实录》接受勘问。

秦观贬监处州酒税。苏辙谪居筠州。晁补之出知齐州。

张耒贬知宣州。陈师道免颍州教授职。

绍圣二年（1095）

苏轼在惠州作《荔枝叹》。

黄庭坚谪居黔州。

绍圣三年（1096）

秦观作《阮郎归》（潇湘门外水平铺）。

绍圣四年（1097）

再贬元祐旧党。苏轼移往儋州。

叶梦得进士及第。

元符三年（1100）

宋哲宗卒。弟端王佶即位，是为徽宗。

苏轼遇赦，渡海北归。

陈师道为秘书省正字。

秦观卒。

宋徽宗

建中靖国元年（1101）

黄庭坚在荆州。

贺铸作《鹧鸪天》（重过阊门万事非）、《青玉案》（凌波不过横塘路）。

七月苏轼卒于常州。

十二月陈师道卒，公元入 1102 年。

崇宁元年（1102）

定司马光等百余人为"元祐奸党"。

崇宁二年（1103）

下令销毁三苏、黄、秦等人著作。

黄庭坚谪居宜州。

岳飞生。

崇宁三年（1104）

重定党籍三百零九人，令州县皆立"元祐党人碑"。

崇宁四年（1105）

黄庭坚卒于宜州。

崇宁五年（1106）

因"星变"毁元祐党人碑，赦元祐党人。

大观四年（1110）

晁补之卒。

晏几道卒。

政和二年（1112）
李纲进士及第。
苏辙卒。

政和三年（1113）
陈与义登上舍甲科。

政和四年（1114）
张耒卒。

宣和二年（1120）
金兵破辽上京。

宣和三年（1121）
周邦彦卒。

宣和四年（1122）
金兵破辽燕京。
陈与义为大学博士。

宣和六年（1124）
禁止收藏苏、黄文集。

宣和七年（1125）
金兵擒获辽帝，辽亡。金兵南下攻宋，宋徽宗禅位于太子桓，是为钦宗。
太学生陈东上书请杀蔡京等六贼。
贺铸卒。
陆游生。

宋高宗

靖康元年（1126）
除元祐党禁。金兵攻破汴京。李纲、张元幹在汴京参加抗金战斗。
朱敦儒被召，不受，作《鹧鸪天》（我是清都山水郎）。

建炎元年（1127）
金掳徽、钦二帝北去，北宋亡。康王赵构即位，是为高宗，南宋始。
朱敦儒南奔，作《相见欢》（金陵城上西楼）。

建炎三年（1129）
金兵攻破建康、临安，宋高宗逃至温州。
张元幹作《石州慢》（雨急云飞）。叶梦得作《水调歌头》（秋色渐将晚）。
李清照南奔。

绍兴元年（1131）
秦桧拜相，主和议。叶梦得为江东安抚大使。

绍兴二年（1132）
陈与义为中书舍人兼侍讲。
张孝祥生。

绍兴四年（1134）
李清照卜居金华。

绍兴五年（1135）
宋徽宗卒于五国城。
陈与义为给事中，不久告病归，作《临江仙》（忆昔午桥桥上饮）。
李清照返临安。朱敦儒应召至临安。

绍兴八年（1138）
李纲上疏反对和议，张元幹作《贺新郎》（曳杖危楼去）表示支持。

绍兴九年（1139）
宋、金和议成立。
陈与义卒。

绍兴十年（1140）
岳飞大破金兵，抵朱仙镇，奉诏班师。
李纲卒。
辛弃疾生。

绍兴十一年（1141）
岳飞被诬下狱，十二月被害，公元入1142年。

绍兴十二年（1142）
陆游始从曾几学诗。
胡铨贬新州，张元幹作《贺新郎》（梦绕神州路）送之。

绍兴十三年（1143）
陈亮生。

绍兴十六年（1146）
曾慥编成《乐府雅词》。

绍兴十七年（1147）
孟元老《东京梦华录》成书。

绍兴十八年（1148）

胡仔始撰《苕溪渔隐丛话》。

叶梦得卒。

绍兴二十二年（1152）

向子諲卒。

绍兴二十四年（1154）

张孝祥、范成大、杨万里、虞允文进士及第。陆游为秦桧黜落。

刘过生。

绍兴二十五年（1155）

李清照卒？

姜夔生？

绍兴二十九年（1159）

朱敦儒卒。

绍兴三十一年（1161）

金迁都汴京。完颜亮攻宋，为虞允文败于采石，兵变被杀。

辛弃疾从耿京起义抗金。张孝祥作《水调歌头》（雪洗虏尘静）。

张元幹卒。

绍兴三十二年（1162）

宋高宗禅位，嗣子眘继位，是为孝宗。

岳飞平反昭雪。

辛弃疾南渡，十二月立春日作《汉宫春》（春已归来），公元入1163年。

张孝祥作《六州歌头》（长淮望断）。

陆游赐同进士出身。

宋孝宗

● 隆兴二年（1164）
宋、金订立"隆兴和议"。

● 乾道元年（1165）
辛弃疾上《美芹十论》。

● 乾道二年（1166）
张孝祥罢知静江府，北归过洞庭作《念奴娇》（洞庭青草）。

● 乾道三年（1167）
胡仔《苕溪渔隐丛话》后集成书。
戴复古生。

● 乾道五年（1169）
张孝祥卒。

● 乾道七年（1171）
辛弃疾司农寺主簿，元月作《青玉案》（东风夜放花千树）。

● 乾道八年（1172）
陆游从军南郑，作《秋波媚》（秋到边城画角哀）。
辛弃疾知滁州。

● 淳熙元年（1174）
辛弃疾在建康作《水龙吟》（楚天千里清秋）、《太常引》（一轮秋影转金波）。

淳熙二年（1175）
辛弃疾为江西提点刑狱。其后两年内作《菩萨蛮》(郁孤台下清江水）。

淳熙三年（1176）
姜夔作《扬州慢》（淮左名都）。

淳熙五年（1178）
辛弃疾作《水调歌头》（落日塞尘起）。

淳熙六年（1179）
辛弃疾任湖南安抚使兼知潭州，作《摸鱼儿》（更能消几番风雨）。

淳熙七年（1180）
辛弃疾改任江西安抚使兼知隆兴府。

淳熙八年（1181）
辛弃疾落职，闲居上饶带湖，作《沁园春》（三径初成）。
陆游闲居山阴。

淳熙十一年（1184）
辛弃疾作《水龙吟》（渡江天马南来）。

淳熙十二年（1185）
陈亮作《水调歌头》（不见南师久）。

淳熙十三年（1186）
姜夔作《霓裳中序第一》（亭皋正望极）。

淳熙十四年（1187）
姜夔作《踏莎行》（燕燕轻盈）。
刘克庄生。

淳熙十五年（1188）
辛弃疾、陈亮为"鹅湖之会"，各作《贺新郎》三首唱和。

淳熙十六年（1189）
宋孝宗禅位于太子惇，是为光宗。

宋光宗

绍熙元年（1190）/ 金章宗明昌元年
元好问生。

绍熙二年（1191）
姜夔在范成大石湖别墅作《暗香》《疏影》，获范成大激赏。

绍熙四年（1193）
辛弃疾任福建安抚使兼知福州。
陈亮进士及第，为状元。

绍熙五年（1194）
太子扩立，是为宋宁宗。尊光宗为太上皇。
辛弃疾罢职归铅山。
陈亮卒。

宋宁宗

庆元二年（1196）
辛弃疾作《沁园春》（杯汝来前）。

嘉泰三年（1203）
辛弃疾起任浙东安抚使兼知绍兴府。刘过作《沁园春》（斗酒彘肩）。

嘉泰四年（1204）
辛弃疾知镇江府，作《永遇乐》（千古江山）。陆游再致仕。

开禧元年（1205）/金章宗泰和五年
元好问赴试途中写下《摸鱼儿·雁丘词》。

开禧二年（1206）
宋改谥秦桧缪丑。下诏伐金。
铁木真统一蒙古，称成吉思汗。
杨万里卒。刘过卒。

开禧三年（1207）
宋杀韩侂胄，向金求和。
辛弃疾卒。

嘉定二年（1209）
姜夔卒。

嘉定三年（1210）
陆游卒，临终作《示儿》诗。

嘉定六年（1213）
蒙古取金东京。

嘉定十七年（1224）
宋宁宗卒，侄沂王昀继位，是为宋理宗。

宋理宗

绍定五年（1232）
蒙古围金汴京，金哀宗出奔归德。
刘辰翁生。周密生。

端平元年／蒙古窝阔台汗六年（1234）
蒙、宋军队攻入金京，金哀宗自杀，金亡。七月，蒙宋军队战于洛
阳城下，宋军败溃。
白朴八岁，随元好问逃难。

端平二年／蒙古窝阔台汗七年（1235）
蒙古攻宋。
刘克庄为枢密院编修，被劾外放。

端平三年／蒙古窝阔台汗八年（1236）
文天祥生。

淳祐六年／蒙古贵由汗元年（1246）
刘克庄赐同进士出身。

淳祐八年／蒙古贵由汗三年（1248）
张炎生。

宝祐四年／蒙古蒙哥汗六年（1256）
文天祥进士及第，为状元。

宝祐五年／蒙古蒙哥汗七年（1257）
元好问卒。

景定五年／元世祖至元元年（1264）
卒，太子禥即位，是为宋度宗。
刘克庄致仕。

宋度宗

咸淳五年／元世祖至元六年（1269）
刘克庄卒。

咸淳七年／元世祖至元八年（1271）
蒙古取国号为"元"。设国子学，制朝仪，次年改中都为大都（今北京）。

咸淳十年／元世祖至元十一年（1274）
宋度宗卒，子㬎即位，是为宋恭帝。
元命伯颜为帅，大举伐宋。
汪元量于此期供奉内廷。

宋恭帝

德祐元年／元世祖至元十二年（1275）
元军下建康、镇江、江阴等地。
贾似道罢职被杀。文天祥率义军卫临安。

宋端宗

景炎元年／元世祖至元十三年（1276）
元军攻取临安，宋恭帝降，谢太后等被俘北去。陆秀夫等奉益王昰
即位于温州，是为宋端宗。
文天祥为右丞相出使元营，被拘，逃归温州。
汪元量随宋室被押往大都。

宋帝昺

祥兴元年／元世祖至元十五年（1278）
宋端宗卒。陆秀夫等立卫王昺。
文天祥于五坡岭被俘，作《过零丁洋》。

祥兴二年／元世祖至元十六年（1279）
陆秀夫于崖山负帝昺投海。南宋亡。
文天祥被押往大都。

**南宋
灭亡**

元世祖至元十九年（1282）
文天祥拒忽必烈劝降，十二月被杀于燕京柴市，公元入 1283 年。

元成宗大德元年（1297）
刘辰翁卒。

元英宗至治二年（1322）
张炎约卒于本年。